ブラックボックス

# 黑盒城市

砂川文次——著　劉名揚——譯

目次

推薦序

# 不為什麼，我們都麻痺地活著
## ——讀砂川文次《黑盒城市》

林楷倫

看似高速移動的時代，人困在高度黏稠的液體城市裡流動。

砂川文次的《黑盒城市》，主人公佐久間為一名單車快遞員，背景為疫情時期的東京，佐久間不分天氣日日執行配送文件的快遞工作。我仍然記得武漢肺炎時，每天的午晚餐都靠著Uber Eats、foodpanda配送，看著螢幕考慮餐點，看著螢幕等待餐點。當手機提醒餐點到了，無聲無息地放在置物架上。佐久間做的工作亦是如此，等待客戶下單，他接單跑單。一切的流程沒有溝通，只有傳送、接收、抵達目的地的時間。人與人的連結如同飛行器的黑盒子，一句話傳來，紀錄，一句話傳送。

看似冷漠，但這是日常。

單車快遞員的工作只是傳遞資訊，是完全工具性的傳遞。然而，傳遞完之後，這些人員無聲退場。砂川文次用非常具有速度感的文字描寫單車快遞員的工作流程，但我反而感到凝固，那凝固來自於嘴上說著自由，身體假裝自由，心裡卻被囚禁。主角想要避開傳統有上下階級的工作型態，如自衛隊、公務機關等，選擇了臺灣俗稱的「自由業」。我也曾說過為什麼要賣魚，因為自由呀。其實是不擅長與他人交往，書中主角佐久間在與人交際時，往往會過度反應。過度反應使得他的職涯並不順遂，他轉向找尋自己適合的路：獨一人騎乘配送。

在職場上佐久間需要社交的時刻，只有進公司打卡、修車的時間。而公司的每個人都是個體戶，偶爾幫忙跑單，偶遇說說未來，說說夢想。如果他人即是地獄，那減少碰觸他人就好。

不，他人即是地獄的意義在於人是地獄，人間也是地獄。

自己即是地獄。

活著即是地獄。

當佐久間面對到職涯的選擇，他考慮的是自己，依照自己的心去思量不就是自由嗎？然而，擁有愛人，擁有牽掛，便無法自由。

生命是無法依照自己的配速騎乘。

這本小說最精采的點不單是文字與情節，砂川文次處理角色的人生，不管困境或是幸福時刻都不突兀。角色刻畫如同身旁認識的人，看他們的人生流轉，讓我脫口而出「個性決定人生」這類老派的話，我根本忘記自己是小說家同業，融入了小說角色的生命當中。

「個性決定人生」、「可憐人必有可悲之處」當我有這些想法時，我回望的是自己站在哪個位置看待這些角色。我驚覺我掉入了達到某種世俗成就才能自由、才不可憐的想法。《黑盒城市》讓我想起小林多喜二的《蟹工船》，小林多喜二寫捕蟹工人的故事，如同監獄一般。《黑盒城市》主角的工作從自衛隊（軍隊就像監獄一般）轉至房仲（業務較為自由），最後落腳於自行車快遞，佐久間的職涯看似越往更個人更自由的職業發展，卻更監禁。當得靠自己接案，自己規律的不斷工作，人類得做到如何才能供養自己？書的開頭可以感受到佐久間面對車禍的緊張，不是因為受傷，更大的困擾是無法工作。

少賺幾百幾千，不只是少吃一兩餐的問題，更可能讓自己身為現代社會人的身分降階，沒錢繳分期貸款，信用評分降低，沒錢繳出房租，無家可歸。

雖稱自由，這自由只是活下去而已。

這像極了《蟹工船》，工作只是為了活下去。我們探問自由，我們工作為了財富自由，然而自由究竟是什麼？《黑盒城市》的日文書名為「ブラックボックス」(Black Box)，並非華文語境熟悉的航太用具，而是指稱從外觀或是簡介裡能理解此工具的概念，但卻無法看透內部運作與機轉。自由的意義我們都懂，但自由如何綑綁我們，卻是難以理解的。

小說家不在自己的小說裡說出自己的哲學，他們用角色與情節說了一切。

當我看完《黑盒城市》時，我點了Uber Eats，留言寫了辛苦了。忽然覺得自己偽善，沒幾秒又釋懷，我們都在這黑盒裡互相剝削，為什麼剝削，是無法直接理解的，我們無感地如此生活。

對我而言，這是一本討論不自由的小說。

或說「假裝成自由的凝固狀態」，讀起來好像很難懂。

但透過《黑盒城市》佐久間的生活，我們必能找到共同的文字，「好不想上班喔。」「中樂透我就拿錢甩老闆。」垃圾話講完，我們仍在工作。我們痛苦，我們愉快，不為什麼，我們都麻痺地活著。

（本文作者為作家，著有《偽魚販指南》等書）

推薦序

# 生活是一場勉強縫補的困局

沐羽

這是一本關於維持節奏的書。在城市生活當中，最讓人厭煩的事也許就是人群節奏的不統一了：明明手扶梯是讓人快速經過的通道，偏會有人在出口處停下來東張西望，害後面的人差點撞成一團；人行道窄，那維持一段安全距離好了，就是會有人鬼切到你面前再慢慢走。城市到處都是突然爆發的刺激，在下班拖著腳步回家四拍四的節奏裡一頭栽入數學搖滾。

挫折會帶來沮喪，沮喪會導致憤怒，憤怒有可能會轉化成暴力行為，社會學家這樣告訴過我們。

《黑盒城市》的主角佐久間在一段令人受挫的節奏裡登場：他二十八歲，是個快遞員。在淒迷的東京雨天裡騎著自行車送貨時，被一臺白色賓士惡意逼車而摔倒受傷。他登場的姿勢簡直是臺灣交通的縮影。倒在地上時，佐久間一開始還有點眩暈與不知所措，其後憤怒如低音喇叭在顱內爆發，但又有什麼可以做的呢？白色賓士早已揚長而去，他掄起拳頭高聲痛罵。就只有這樣了，賓士再也沒有進入過佐久間的生命，他只不過是賓士後視鏡裡的一個切分音，僅此而已。

賓士裝飾了你的車子，你連人家美夢的邊框都搭不上。佐久間一直陷於節奏轉換的不適裡，沒有適合的工作，上班馬上辭職，辭職又馬上面試。與女友的關係並不順遂，始終得過且過。不斷搬家，不斷思考生活應該怎樣，然後不斷放棄。城市就是一個無路可出的黑盒子，讓我們想到大江健三郎描寫社會的籠牢時，總是覆蓋著一層噁心的黏液。

唯有在騎著自行車送快遞時，佐久間才有了操控著生命一些什麼的感覺：「騎車時即使沒特別留意，身體也會維持適當的姿勢。視線不遠也不近，雙腳以固定的節奏不重也不輕地踩著踏板，耳朵仔細聽著車聲，心在跳動，肺在鼓動，自然地吸吐著。」

在渾然忘我的騎車過程裡，也有偶然。有白色賓士導致的車禍，也有繞道而行的舒暢：「有時比起堅持走原本決定的路，漫無目的稍微繞個路反而走得更順暢。」

但無論如何，生活的節奏就是雜亂無章，騎著自行車穿過城市也可想而知地危機四伏。佐久間不是沒想過找方法維持生活節奏，看著自己的快遞客戶西裝畢挺，也想像過對方的生活是不是就比較快樂。但太難了，轉換生活模式的代價太高，送快遞，是沒有一技之長的佐久間能夠賺到最多錢的方式。

快遞是佐久間的出口，也是束縛。在城市裡不慍不火地活著，不上不下地賺著錢，避開名貴的房車，接過客戶的文件，日子就這樣一節一節地演過去了。

但是挫折會帶來沮喪，沮喪會導致憤怒，憤怒有可能會轉化成暴力行為。心理學家也提醒過我們：壓抑得越久，反彈起來的爆發力就越大。

始終沒有辦法找到自己節奏的佐久間，最後是節奏找上了他。

這是一本關於維持節奏的書，唯有隨著佐久間的生命故事，人生起起落落，落落落落，落到城市這個黑盒子讓他不得不抵達的底部。就在這個深淵裡，他有時沉默坐著數算時間過去，就像在騎自行車一般渾然忘我。

但生活無論有多麼潦倒不安，佐久間始終著迷於一件事情：修理。賓士裝飾了他的車子，他就帶回公司修理。又或日後，當故事到達尾聲時，佐久間回想自己這些年月來到底有什麼值得令人稱道的，也許就是修理東西了：「如今，他認為自己在修理過程中、以及完成後感受到的舒暢，全然無涉於占有欲或虛榮心，純粹是因為這能讓他覺得接下來哪裡都去得了。他喜歡的是這種超越物體本身的功能。」

修理事物普遍來說有三種方向，其中第一種是是還原，比如說打破了杯子，我們最想做的是試圖讓它看起來跟新的一樣。讓時間暫停，讓節奏看起來從沒變過。第二種方法是補救，可能採用一些新的零件和技術，讓壞掉的事物比以往更好。佐久間在修理被賓士弄壞的自行車時，換上了一些新的零件。在雙手忙個不停的時候，儘管才剛剛經歷了下雨、摔車、少賺了錢，但在修理時「心情已完全好轉。原因就只是換了零件這麼單純。」

而第三種修理事物的方式是改造。熟悉手藝的人們可以改變破損物的形式和功能，並加入自己的意志，讓原始的物料成為未來作品的材料。又或者說，佐久間在載浮載沉的人生裡，在難以預料的節奏裡，他並不想還原或補救生活，他想改造生活，他想找到一種穩定的節奏。但改造是最困難的修理，尤其是在這個密不透光的黑盒城市當中。沒有正軌，沒有亮光，沒有穩定，沒有節奏。唯一能依靠的是意志，但佐久間顯然不是意志堅定的一群。

挫折會帶來沮喪，沮喪會導致憤怒，憤怒轉化成暴力。壓抑得越久，反彈起來的爆發力就越大。爆發後新的節奏會響起，而佐久間的故事在修復裡落幕。其實，佐久間的背景音樂，就是一段蛋堡和黃玠的歌詞：「就這麼在工作裡跑著跑著／曾在某台行車紀錄器裡成為摔倒哥／稍微暫停，就吃飽了，繼續前往下一關／到傍晚慢慢慢下來才能再思考了／問他最近怎樣，回答還是『就那樣啊』」。《黑盒城市》流暢的敘事下方是佐久間勉強前進的聲音，在喧囂城市的字裡行間，我們彷彿能聽到他的生命在運作時悶雷般的鏈條聲。

（本文作者為作家，著有《煙街》、《痞狗》等書）

# 致臺灣讀者序

砂川文次

在小說《單車失竊記》[1]的開頭，主角——我——表達了對於那些「挺著肚子，故意把昂貴的車子停在路邊炫耀的單車客」的不滿。我似乎能夠理解那種感覺。

本故事的主角佐久間是一名東京的自行車快遞員，騎的是一款過時的Cannondale公路車。

雖然我並不像佐久間把自行車作為生財工具，但在不將以擁有

1 吳明益著，麥田出版。

為目的的意義上，於我，自行車只是代步工具，卻也不僅局限於此。

幹線道路的左右兩側，高樓大廈如高牆般林立著。有的顯得陳舊，有些則光亮簇新；貌似出門上班順便扔垃圾的中年人，穿著西裝，手持垃圾袋從公寓門口走了出來。車流擁堵，偶爾會望見司機帶著怒氣的表情。人行道上，擠滿了往車站邁進的上班族。我也是那些上班族之一，只是我騎公路自行車上班，每天早上見到的都是這樣的東京景象。同時，這些景色中混雜著排氣、餐館飄出的食物氣味以及垃圾車拖曳的腥臭，就像黏在身上的空氣附加物。

奇怪的是，儘管如此，當我在完全不動的車流中穿梭，或在沒有紅綠燈的直線道路上騎行，甚至是跨上坐墊，身體前傾，目光鎖定前方時，整座城市予人這樣的感覺，我還是樂在其中。

超越工具的工具，大概就是這樣在與世界的互動中成了不可或缺的存在。就這層意義來說，書籍和語言或許也是其中的一種。

寫這部作品的時候，世界正處於疫情之中。沒過多久，自行車作為避免感染、促進健康與環保的移動方式而受到矚目，自行車行的各種備品和存貨迅速搶購一空。

與此同時，逐漸轉向雲端的辦公室作業致使專門收送文件的快遞員工作銳減。據說不少快遞員都跑去了因疫情而生意大好的Uber。

那時，急於避免感染、出於健康和環保考量而紛紛購買自行車的人，與那些使用自行車工作的人，恐怕生活在完全不同的世界。回想起來，應該是當時我所觀察到、感受到的不適感成為了我寫作的原動力。

也許，這種不適感中還夾雜了些懺悔的情緒。因我也只是從安全地帶透過玻璃觀察世界的其中一人。

至於我是否完整地表達了所思所想，就留由讀者來評判了。衷心希望這本書有機會成為開拓某人世界的小小工具。

# 黑盒城市

數十公尺外的行人專用號誌開始閃爍。幾個撐著塑膠傘的上班族見狀快步跑過行人穿越道。佐久間亮介將握把的手從把手上端移到下把，上半身往前傾。

臀部離開座墊，身體左右擺動加快踩踏。自行車雖朝身體擺動的反方向傾斜，但重心穩定。從雨聲的空隙間傳來棘輪聲，騎得愈快，雨滴打在臉上也愈刺痛。

不想被紅燈攔住。

行人專用號誌轉紅。佐久間噘起嘴，深深吐了一口氣。他朝車道號誌一瞥，將彎把握得更緊。隔著手套，他感覺到手把帶的柔軟觸感與舒服的反彈。駛在快車道上的汽車依序亮起煞車燈，車道號誌轉成黃燈。距離行人穿越道不遠了。兩側的風景在眼角流逝。

過得去，佐久間如此判斷的同時，身體也動了起來。對佐久間而言，判斷與其說是思考，不如說是習性，不是以過往經驗對照現況找出類似性，而是脊髓、肌肉依每一瞬間的環境而做出的反應。

他以中指和無名指將與煞車拉桿一體的變速手把往左撥一格，身體立即感覺到從變速器到五通中軸、曲柄、鞋、腳掌增加的負荷，但腦袋要稍晚才能理解這過程。原本還沒有感覺，但一股熱氣與不知該說是癢還是痛的感覺在胸腔裡擴散開來，彷彿炙熱的砂礫噴灑在肺裡，也覺得斜揹的郵差包似乎將身體綁得比任何時候都緊。

同時聽到陣陣風聲，風吹得往後流的汗水與雨水在後頸合流。高速旋轉的前輪以一定的節奏濺起積在柏油路上的雨水，嘴裡不住的喘息聲聽來像是別人的一樣。

就快到了，才這麼想，一道黑影出現在安裝於彎把邊緣的迷你後照鏡裡。

衝過去的判斷與停下來的警告在腦海裡交錯，腦袋雖意識到了，身體仍慢了半拍。兩腳還蹬著踏板，身體處於不知該算是騰空還是坐著的尷尬姿勢，兩手緊抓著煞車拉桿，但沒緊握，一切是那麼的不協調。再度朝燈號一瞥，還是黃燈，但身體、意識和機械的一體感已經消失了。

只見後照鏡裡的汽車加速衝向十字路口。

意識再度支配身體，緊張、心跳劇烈、喘不過氣，汗水與雨水的不適感在瞬間傳遍全身。回過神來，他發現自己正死命握著煞車拉桿。煞車皮雖緊緊夾住輪框，遇上雨天制動力還是嚴重降低。思考與習性的消長隨著速度變化，佐久間不知該如何解釋這些事，但憑肌肉就感覺得到。

速度快的時候，身體的動作由習性支配。速度慢的時候，永無止境的思考就會在腦海裡縱橫馳騁。隨著車速變慢，思考導出「過不去」的結論。可要說習性是萬能的也不見得，腦中一隅還是傳來了「過得去，衝吧！」的吶喊。一輛白色賓士追上佐久間，已經駛到身旁了。

自行車的車輪是停住了，但在積水的柏油路面，只能像在冰上一樣任慣性滑行。他將手把往左轉，身體卻朝反方向傾斜。這是出於閃避車輛的恐懼，這下失策了。

一切好像靜止了，他呆然心想。但這番悠哉思緒轉眼間陷入緊迫的處境。賓士毫無減速左轉，擋住了佐久間的路。或許是察覺到一輛自行車正和自己並排行駛，也可能由於車速過快，彎轉的幅度相當大。完了，說時遲那時快，佐久間的身體更為傾斜，很快就摔倒在行人穿越道的正中央。賓士就此疾馳而去。

人行道上散落著等綠燈的人。所有車輛也在停止線前停了下來。眼前旋轉的景色，即使在雨中依然是那麼鮮明。右邊是林立的高樓，左邊是皇居的護城河。一名在雨中慢跑的中年男性正在行人穿越道前原地跑。又低又厚的雲布滿天際。

有些人朝他看了過來，有些人則若無其事。佐久間並不想被注目，卻也無意閃避旁人的眼神，如今根本沒空想這種事，事故就發生在一瞬間，思考與習性跟不上現實，只能順其自然。

背部——靠近右肩胛骨的部位——著地。都倒在地上了，速度依然未減，佐久間與自行車就像被一條看不見的線拽著，一同在地上滑行。

所幸沒被那輛賓士撞上。儘管賓士已揚長而去，但車上的駕駛應該能從後照鏡看到狼狽不堪的佐久間。

混蛋，他在心裡痛罵，滿懷恨意地朝車子駛離的方向望去，只見它已經成了一個遠到連商標都看不清的小點，獨留他在原地滿腔無法排解的怒氣。真不曉得那傢伙開車時是不是都像這樣旁若無人。就算在後照鏡裡看到自己這番慘狀，想必也不會升起多少同理心。這麼一想，波濤般的怒氣又在肌膚下蠢動了起來。

在這段渾然不覺長短的時間裡，一切彷彿被消了音。

過了一陣子，所有聲音才像帶著加速度般驟然降臨。觸覺、味覺、嗅覺，五感也全回來了，背後驀地感覺到一股鈍痛。這條行人穿越道並不長，但佐久間就是沒能衝過去。

早知道就戴起車衣的連帽，他心想，這樣即使躺在雨下個不停的馬路上，雨水也不會從後頸流進衣服裡。

兩件式車衣的腰際漫著一股涼颼颼的、引人不適的濕漉感。雖然全身僵硬，渾身鈍痛不已，所幸沒有骨折或大量出血，託安全帽的福，頭部也毫髮無傷。

他放心了。但並不是完全放心。方才的怒氣還在肚子裡翻騰，同時察覺到一絲恐懼。這感覺不像固體，更像是顏料，一旦攪混在一起就再也分不開來。

他振作起精神，像游泳換氣般仰頭短促地吐了一口氣。雙肩放鬆垂下，原本稍微離地的頭往地上一躺，只聽到安全帽撞地喀的一聲。總之，人沒事太好了。但夾在柏油路面與自己背後的郵差包裡還有個非送到不可的包裹，總不能一直躺在地上。站起身來一瞧，佐久間看到自行車似乎滑到幾公尺外，橫倒在地上車輪仍不住空轉。也慶幸沒有砂石車或大得嚇人的聯結車將自己連人帶車無情輾過。

佐久間朝自行車走去。背後傳來模擬鳥鳴的機械音，行人穿越道的燈號又變了。車輛來往奔馳，幾個撐塑膠傘的行人似乎與他四目相交，但隔著布滿雨滴的塑膠傘面視野模糊，實在看不出別人是否真盯著他瞧，或許是因為行人都戴著口罩只露出眼睛，才有這感覺。或許他們只是對沒戴口罩還在路邊閒晃的自己看不順眼罷了。

不對，佐久間驀然想到。就像他已經想不起今早和自己擦身而過的男人的長相，在這座城市裡的人眼中，自己也只是個不會讓人留下任何印象的人。

回過頭，十字路口一側的警察崗哨上，站在裡頭的警察正朝這頭看。或許在猶豫是不是該過來關切。汽車的排氣味與微微的熱氣朝自己飄來。

他一邊走，像做伸展操似的轉身檢查臀部一帶。THE NORTH FACE的黑色車衣被磨破了，臀部到右大腿劃開一條鋸齒狀的裂縫，裡頭的深紅色短褲露了出來。

這件車衣是他在代了許多快遞的班、收入較多的那個月上下成套買來的Gore-Tex。穿過的次數可能還不超過十次。記得那是上個月還是上上個月的盛夏，一旦下雨就是傾盆大雨。但現在不一樣。在微寒的空氣中，渾身的汗水與雨水讓身體不住發冷。

他嘆了一口氣，把背後的郵差包拉到前面，確認裡頭的物品有沒有損傷。下雨天就是討厭，他在心中暗暗詛咒。幸好包裡要送的貨沒事。

伴隨著巨大的聲響，一輛大型卡車豪邁地濺起水花從佐久間身旁駛過。柏油路上的積水看似不髒，卻漫出一股氣味。他伸手抹去濺到臉上的水，再次心想下雨天真是討厭，驀然間，一股情緒在他腦海裡爆發了。積在身體裡的怨氣根本不是顏料，而是可燃物，一旦點了火就此失控。

「混蛋！」直到話出了口，才察覺自己正掄起拳頭高聲痛罵。

來往行人應該都看過來了，但他並不想確認這一點。唯獨肯定的是，有人正訝異地望著他。憑經驗就知道了。見到人脾氣爆發，周遭的反應大致都是一樣的。達到沸點後就再也降不下來。原本還能隱忍，一旦潰堤就再也按捺不住。他對自己感到憤怒，對周遭的視線感到憤怒，也對那輛卡車感到憤怒。

然而這股情緒只是一時衝動，沒多久，本人又與周遭行人再度融入四下的景色中。路上的人應該又說起了上司和同事的壞話，或聊起新開張的餐飲店。

他抬起橄欖色的自行車，身上還感覺得到殘留的鈍痛。

浪費了多少時間？記得這是今天第四趟，兩小時內要送到，還趕得及嗎？他在腦海裡回溯路線，估算著預計送達的時間。

看了看手錶，應該還來得及。雖然時間非常緊迫，但還是趕得上。打起精神吧，他對自己說道。

佐久間一跨上車立刻猛踩踏板，可腳只空轉了一圈，力氣完全沒有傳到車輪。由於踩得太用力，還差點再次摔倒。在雨聲、人聲與車聲之間，只聽到鏈條無力地咔鏘一聲。

心跳再次加速。他望向腳下，鏈條從前變速器脫落了。他以兩根指頭夾起鏈條掛回變速器上，又覺得哪裡不對勁，便順道查看後變速器，這才發現車身與變速器相連的掛鉤處變形了。雖然沒斷，車身那頭卻撞歪了，還隱約可見一道裂縫。佐久間蹲下身子，伸手轉了轉踏板，還沒轉一圈，鏈條就卡住不動。試著往回轉，也是轉不到一圈便動彈不得。

真是失策。當時身體若是朝沒有變速器的左側傾斜，就不會落得這下場了。

前後的鏈線已經歪到完全超過容許範圍，就算裝回鏈條也傾斜得咬不上後變速器的齒輪。佐久間只能一臉喪氣地蹲在地上。車是沒辦法騎了。

郵差包背帶上的肩墊旁有個尼龍製的小包包，裡頭裝著與其他快遞員或調度員聯絡用的無線電。

「26久間。」

他按下隨按即說開關呼叫調度員。按下開關的同時傳來一陣背景噪聲。

「請說。」

「我摔車了。誰能來和我會合嗎？」

聽得出無線電那頭情緒有點慌亂。自行車快遞的費用因時間而異，費用變了，抽成的金額也會變。時間愈趕的案子單價愈高，因此這種工作不適合慢郎中。並不是因為接的案子時間愈趕賺得愈多，而是動作快的人才接得到趕時間的案子。佐久間是所有人公認的快手，這就是調度人員慌了的原因。佐久間身上的貨品，幾乎都是急件。

「久間，現在位置是？」

「千鳥淵。」

調度員的工作是將與總公司簽約的客戶所委託的案子分派給快

遞員，而分派就像拼圖一樣，非常需要動腦。大致上，每個調度員手上有五名快遞員，但接單件數往往超過快遞員的人數。這麼多件的委託裡有些很急、有些則沒那麼趕，所以並不是按照接單時序，或哪個快遞員距離客戶最近分派就好。快遞員的工作是取件、送件，而案件的分派是取件、送件，接著再取下一個件、送件，所以需要按時間緩急安排，這工作才能成立。

快遞員也不是按照接單順序送完就好，還得依當時的天氣、物品大小、交通狀況等因素判斷向客戶取件的順序。一下子接太多單，會應付不來臨時的單；而且接太多單，工作效率——也就是對營業所的貢獻度、甚至自己實際上的抽成——也會降低。

之所以並非一切都由調度員來決定，是因為明白快遞員比誰都清楚城市的呼吸節奏。因此調度員也無法掌握手上的快遞員目前所在位置。此刻對方正在慌忙整理案件，苦惱著該請誰過來接手吧。佐久間略感過意不去。

「09近，竹橋，我去。」

除非遇上特殊狀況，無線電的對話往往會力求簡潔，只需報上快遞員編號、快遞員姓氏、所在地點；要討論工作，也會說得盡可能簡略。

佐久間的編號是26，快遞員名稱是久間，也就是把佐久間去掉首字後的簡稱，方才表示願意伸出援手的近，同樣也是近藤的簡稱。編號則是按營業所簽約就職的順序，「26」已經算老牌了，那麼編號個位數的近藤幾乎可說是要成仙的超級老牌快遞員。

佐久間抬起自行車的龍頭，總之先換個視野更開闊的地方再說，要不然又要被卡車濺得一身水了。

其他快遞員依然在無線電裡簡短通話著。眼前橫著一排行道樹，要上人行道還得先回到剛才的十字路口。

包括佐久間在內，大多數快遞員會穿著能將鞋卡在踏板上的卡鞋。即使在這種雨天，走起路來鞋底都會咔嘰咔嘰作響。他邊走邊以空著的手解開帽帶脫下安全帽，彷彿可見悶在帽子裡的熱氣溢散出來。

他將自行車靠在護城河的柵欄上，不時走到車道附近像在等計程車般左右張望。看來要罰錢了，他煩惱著眼下手中的貨物該怎麼辦。都老客戶了，應該不至於稍微遲到就被列為拒絕往來戶。但多半會被挖苦個兩句。

「佐久間！」走回自行車旁檢查後變速器的狀況時，背後突然有人喊了他一聲。近藤來了。他一身幾乎是黑色，連自行車也是黑的。

近藤是個在這流動率極高的工作環境下待了超過八年的狠角色。

佐久間快步跑過去，取出三只茶色封袋，這種塑膠封袋能完整塞進整份裝有文件及託運單的公文袋。

「這兩件很急，一件是大和二十七樓，另一件是三井十樓。」

近藤也迅速將背包拉到身前，收下兩只袋子塞了進去。接著便抬頭問道：「和平常一樣的地方？」

「是的。」

說完佐久間又補上一句：「然後這件是三小時內得送到。地點寫在託運單上。」

近藤收下最後一件後拋下一句：「下回請我吃飯嘍。」旋即精神抖擻地騎走了。佐久間呆然望著他離去的背影，只見近藤沒坐實座墊，身體極度前傾、左右搖晃地快速融入街景。果然是個超凡的衝刺健將。

這身手究竟是怎麼練出來的？近藤在十字路口左轉後立刻加速，有時與車輛並行，有時還超車，很快就消失得無影無蹤。這並不是在車架上搭配有助於加速的材質就辦得到的，首先腳踩踏的力道就不一樣。不甘心沒當上職業自行車選手、從不吹噓快遞資歷，近藤在許多地方都是其他老愛討論器材的快遞員所無法企及的。

真的該多向他學習。

能專心當快遞員的人很少。應該說，至少佐久間不曾看過。他很清楚自己也該像近藤幹得這麼專注、嚴謹——姑且不論是否辦得到，但佐久間踏入這行，並不像近藤是因為真的想做這份工作，純粹只是基於刪去法或是順其自然的結果，所以當然不可能像他那麼拚命。純粹想要彈性排班、業績抽成制、有體力就行的工作，並沒有太多選擇。

這下又嗅到一絲原以為已燃燒殆盡的怒氣。稍早的情緒爆發，很可能是對恐懼的拒絕反應。吃飯、睡覺、呼吸、工作都要花錢，失去一切其實花不了多少時間。唯有在踏入失去一切的瞬間，才會經歷騎車時全然預想不到的恐懼。僥倖的是車雖壞了，身體毫髮無傷。要是摔斷一條腿，等到痊癒之前，一切說不定早化為泡影。

有時也覺得自己是不是想得太誇張了。但不只一次看到被卡車撞飛的同事僅領到微不足道的補償就慘遭拋棄，這麼一想，他對於遲早要面臨同樣的命運而感到恐懼似乎也很合理。

還是得更小心。行動與天性一致的人如此罕見，佐久間在自我警惕的同時，對近藤的敬意油然而生。

儘管時刻想做好這份工作，但佐久間並不是那種一份差事能幹很久的人。因此現在雖心生警惕，但對於這股決心能否維持到明早毫無自信。就像情緒潰堤，老是打破與自己的約定，到頭來就也習以為常了。

周遭的人都說自己還年輕，往往讓人誤以為時間多到用不完。但佐久間打從心底覺得，在盤腿呆坐的當頭鏽斑就已悄然浮現，不多久將陷入令人難以忍受的處境。收工後悠悠哉哉回家時、在路過的麥當勞裡啃漢堡時、淋浴時、百無聊賴瀏覽社群時，不安與恐懼從每一天的縫隙裡露臉。即使很清楚最後的瞬間一定會到來，完全無法反抗的他又能怎麼辦呢？

這並不是自暴自棄。他也知道必須振作起來，但振作這回事具體上該做些什麼，佐久間還不清楚，也無從得知有朝一日是否能夠明白。唯有騎車時，可以逃避這些壓力。

待上一段時間的快遞員，經歷道路的磨練，每個都算有點身手。

但近藤的實力與嚴謹，則是綜合外部因素與自我鑽研的結果。

這正是佐久間的態度略顯保守的緣故。在交通繁忙的要道上以一定速度騎行，唯一的防護就是頭上可能僅五百公克的輕量化安全帽，仔細一想還真是瘋狂。光是緊貼路肩可不足以保命，就算騎技不斷精進，但說不定哪天也和出事的同行一樣遭計程車或卡車撞飛。佐久間比誰都清楚自身的能力資質，因此從不覺得靠的是「自己的能力」。近藤光從動機就和自己有著壓倒性的差別，能在這行做這麼久，近藤靠的是實力，而自己靠的只是「運氣」。想到目前的處境，佐久間不得不承認這點。

就這樣嗎？這一切。

貨件已經交出去了，卻還是懶得動。他緩緩掏出iPhone，主頁只有軟體更新通知。雨水打落在螢幕上，滑起來不太靈光。

看來只能走路回去了，一想到就垂頭喪氣。不曉得走回去得花多久？要是騎車移動還大致算得出時間，但其他方式就完全沒辦法。被雨淋得渾身溼透，自行車也壞了，他益發感覺自己的悲慘。

重新戴好雨衣的雨帽。頭髮全溼了。

十月八日，星期四，颱風十四號逼近，太平洋沿岸天氣不佳，東京受鋒面影響一早就降雨，氣溫也一口氣降到和十一月下旬差不多。他想起早上的天氣預報是這麼說的。

一週預報裡的氣象也欠佳。每逢雨天，身體和器材都得承受更大的負擔。

他抓起T字形的頭管，以另一手抹去臉上的汗水與雨水。然後嘆了一大口氣，下定決心走回去。雖然徒步與騎車時一樣，只要沿著同一條路返回就好，但現在已不確定走哪條路線最有效率，不知不覺間便往營業所的方向走去。

街上短暫的休憩時光似乎結束了，行人的表情和周遭透著一股——超乎佐久間想像之外的——緊張感。

一名宅配員大叔從一輛停在路肩閃著警示燈的綠色麵包車下車，口罩拉到了下顎。他一手關上車門，皺了皺鼻頭，旋即將手推車及紙箱搬下貨臺，走進狹長的大樓。

佐久間完全理解。

戴口罩對搬運重物是個阻礙。不僅是新冠，疾病本身都沒什麼可怕的，唯有動彈不得的身體才讓他感到恐懼。其實，新冠、沒減速的賓士、一味提高踏頻[1]的自己都很可怕，可他連逐一確認什麼是安

1　踏頻（Cadence），在自行車運動中，計算一分鐘踏板轉速的參數，有助於運動員改善和監控自身的速度與效率。

全的、什麼是危險的餘裕都沒有。

他不禁計算起今天的工作效率。早上應該沒救了。但下午能跑多少單？他估算今天最多賺八千日圓，實際上可能才七千圓上下。比這個月平均每天賺的少很多，但也無可奈何。他的如意算盤有時會在無意間達標，便沾沾自喜著下個月來買一對新輪框。沒多久，就被迫回到現實，租金、手機月租費、電費等帳單如雪片般飛來，說不定下個月初又將錢吐出來了。有時夠用，有時卻一毛不剩，但為什麼會這樣，無法記下每一筆開銷的佐久間根本無從得知。唯一想到的是——自行車的分期付款又扣款了。

內心的自我是個障礙。他原本想乾脆推著自行車跑回去，但很快就打消了念頭。穿著卡鞋不好跑，還會傷到鞋子。加上雨還沒停，營業所也很遠。

太慘了，他心想。他知道時間不對，要是晴天就不會碰到這種麻煩，也不用將貨物轉交給近藤，自己就能送到。只要工作效率提升，心情必定大好，回程可能還會順道進Cozy Corner坐坐。但今天沒這麼好運。沒這麼好運的日子，讓人感覺彷彿打從出生就一直過得這麼慘。

要是能上大學，情況會有所不同吧。要是沒有離開自衛隊，或改去公司上班就能持續做下去。再往回溯，要是國、高中能多用功一點的話……

在克制與忍耐中度過的學校生活，最後在情緒爆發中閉幕。說穿了就是打架。或許有人會看作年輕氣盛或青春這類美談，但在佐久間眼中絕非如此。硬是鼓起勇氣回想那段日子，反而會覺得忍耐本身就是件蠢事，也覺得自己只是因為非去學校不可才去的，不上學也沒什麼不對。起初父母還會囉唆幾句，過一陣子也沉默了。

工作也一樣。當了一任自衛隊員，然後轉行不動產營業員。辭職前以為這些工作是人生的轉捩點，辭掉後才發現全是因為一些微不足道的小事。察覺到自己辭職成癖時已經太遲了。姑且不論是情緒先爆發還是覺得膩了，每次稍有不順，辭職就成了頭號選擇。

振作！振作！湧上的回憶與思緒讓他不覺焦躁起來。

得趕快有所改變。他不禁焦急起來。雖然心裡明白非得振作不可，但就算振作了也持續不了多久。現在算好了，只是誰都知道這行可沒辦法幹到五、六十歲。心思上的「趕快」與生活中的「趕快」之間，似乎有著超乎內心想像的距離。即使身體能行動得更快，生活也完全上不了軌道，不過是在空轉罷了。

就是個反射動作。心中湧現多少恐懼，腦海裡就會傳來多少「別擔心、別擔心」。聽得愈多，還真的能冷靜下來，但並不是真的冷靜了，火苗依舊在內心深處跳動，隨時可能再竄成烈焰。即使如此，依舊覺得只要能熬過眼前這一刻就好。

回想起來，他似乎陷入同樣的循環。一上班就辭職，一辭職又上班，不安到受不了時，又會突然變得樂觀。上了軌道、視野開闊了，又彷彿看到未來可能會變成的中年人模樣而又心生厭倦辭職。平時為生活開銷苦惱，稍有突破又漫無目的換新手機或上國外網站買新輪框。每當看著前輩日復一日過著同樣的日子，幹勁也逐漸消滅，從宏觀一點的角度來看，就像意識到自己總是在繞著一個巨大的圈子。

「不過，算啦。」佐久間在清晰的意識下結束了思考。這回倒是果決地喊停。

彷彿一步也沒移動似的，街道上的景色沒有絲毫變化。

無線電不時傳來同事的對話。對於目前的狀況，營業所那邊想必也有個底，應該不會發案子過來吧，佐久間心想，關小了音量。

距離營業所所在的新宿還有很長一段路。高高低低的大樓如巨牆般林立在新宿通的兩頭，一樓有便利商店，也有松屋，或是大樓的門廳。佐久間凝視著一名頭髮油亮、穿著西裝的高䠷男子，心想不論是哪一棟大樓，進出這些地方的人顯然絕對不會和他有任何交集。他想起了送貨時曾走進去的一間辦公室，玻璃隔間，員工坐在圓桌前操作筆電，額頭上沒有一滴汗水。他不禁想像這些人下班後多半也是回到像辦公室一樣具開闊感的公寓，喝著自己叫不出名字的酒吧。

真無聊，自己的夢想和網路塑造的形象都讓他感到不屑。倘若真有這種世界，他倒不是完全不想見識。但既然過不了這種生活，與其心懷徒勞的渴望，不如澈底死心當笑話看，還更有助於心理健康。

這是佐久間為數不多的處世之道。

不知不覺間走到了新宿通與中央線的十字路口。電車涌過時，能感覺到地面微微震動。

經過四谷車站，再往前走一小段，鑽進西側的小巷裡。

營業所在新宿，但並不是在高樓林立的車站周邊，而是在住宅區外圍，附近都是牆上爬滿常春藤的空屋，或僅設有公用廁所的兩層樓木造公寓。原以為新宿這種地方肯定沒人住，但和營業所簽約時，才發現還是有這樣的住宅區。

快遞員是要騎車奔馳的工作，同時也是需要熟悉大街小巷的工作。然而營業所一帶的路，他卻怎麼也熟不起來，有時跑得很順，不時還是會記錯。

以為下一條單行道轉彎是上坡路，哪裡知道是下坡路；確信在前方左轉後會上大馬路，卻還是住宅區內密布的單行道。說起來也是理所當然，工作時不會跑的路就是怎麼也記不住。對佐久間而言，營業所半徑一百公尺內都算不上工作的行動範圍。

佐久間拖著沉重的步伐走在小巷裡。走完一段上坡路，到了新舊住宅交錯的住宅密集區時，自己所屬的自行車快遞營業所驀然映入眼簾。前方的這座水泥建築，原本是一家小工廠，後來由公司買了下來當作其中一家營業所。車道到建築物還有一小段距離，沿路是一片遼闊的停車場——先前可能是停車場，如今裝設著停放公路自行車的三角形立車架。

佐久間推著自行車，走過空蕩蕩的立車架。這是一棟三層樓建築，出入口是玻璃滑門，開門營業前，值班人員會將滑門全推往一邊，但基本上這是新人的差事。出入口附近設有自動販賣機與圓柱形的菸灰缸，自動販賣機有時會像突然想起什麼似的悶哼著震動起來。門大大敞開，佐久間推著自行車直接走進去。

營業所內是整面裸露的水泥牆，管線雖已稍微遮蔽，但走向一目瞭然。有些人或許會覺得裝潢堪稱時尚，總之，這裡就是快遞員的待命室。裡頭擺放著附杯架的Coleman露營椅、圓桌、鐵管椅，陳設風格毫無一致性。釘在牆上的鐵網架不知是否稱得上整齊，掛著六角棒、黃油槍等維修工具。牆面和地上散落的物品，予人幾分雜亂感。

雖說這裡才是待命室，但幾乎所有快遞員都有自己的地盤，附近的公園或便利商店都是他們的待命室。就算乖乖在這裡待命，接到單也無法馬上出發取貨，因此這裡就成了上工前與下班後維修自行車或談笑閒聊的空間。

佐久間也不例外，需要修理自行車時就會回到營業所。裡頭不見人影，地板上躺著幾座維修架。佐久間抓起一座，把後輪嵌了上去。

稍微檢查外觀後，在腦海裡想像換掉哪些零件就能再上路。他漫不經心地思索著，脫下雨衣準備動手時，房間內側的門突然開了。那是一扇鐵製的門，因為鉸鏈處早已生鏽，開關門時都會轟然作響。

雖然不是在做壞事，佐久間多少還是嚇了一跳，原來是所長瀧本。只見瀧本雙眼圓睜。

瀧本也曾是快遞員，五、六年前轉成正職。記得他今年剛滿四十歲，但看起來比實際年齡更小。佐久間基於自身奇特的見解，總是認為長著一副爬蟲類臉的人看不出年紀。雖說「所長」的頭銜聽起來好像很了不起，但人手不足時也得負擔配車業務，只是不必出車送貨罷了。

「你出車禍了？」

瀧本將鼻頭下方的口罩拉到下巴。

美其名為所長，其實不過一介員工，既沒有個人辦公室，也沒有了不得的權限，反而得承擔更多業務。因此瀧本往往待在調度員旁邊，快遞員一出了狀況——例如今天的摔車——他馬上就會知道。

「算車禍嗎？哦，應該算吧。我一邊騎，一輛賓士突然高速追了上來，在我眼前緊急左轉。」

佐久間的口氣像在解釋，又像在與瀧本閒聊。他將脫下的雨衣掛在鐵管椅的椅背上，雨衣上的雨水不斷滴落在地面形成一小水窪。

車禍對快遞員當然是麻煩，所長也免不了受影響，畢竟得處理的業務更多了。

「那輛車的駕駛說了什麼嗎？」

「什麼也沒說，直接開走了。」

「好吧。幸好你沒受傷。下午還能跑嗎？」

聽起來不像為了自保說的話。畢竟當過快遞員，瀧本很清楚這種工作型態必須承擔的風險。

也就是不論出什麼事都不會得到補償，基本上一切得自行承擔的風險。況且，要是因此未能準時送達客戶的貨物，還會被扣薪懲處。

「零件這裡都有，我趕快修好車就出發。」

「那就拜託你了。」

瀧本說著邊朝門旁的抽屜鐵櫃走去。

「我來拿託運單。」佐久間還沒來得及問他進來做什麼——其實原本也沒打算問——瀧本便以像在找藉口的語氣說道：

「高橋那個笨蛋，昨天忘了整理託運單就直接回去了。」

佐久間聽了不禁露出苦笑。他由於個性使然，老在換工作。一般來說都是像這種幾乎是男性的職場，氣氛大多比較沉悶。但佐久間光憑感覺，就察覺到這股沉悶的氣氛並非來自性別，而是同儕或組織的同質性太高所致。他並不喜歡這種氣氛。不管積極投入還是消極疏離對自己都沒好處，他並不想為公司奉獻一切，而這就是他老在換工作的原因之一。

其實只要回一句「他本來就很隨便」或「他就是這種人」就好，但明知該說什麼，佐久間還是忍住沒說出口。心裡雖想著該奉承對方一番，最後只回以苦笑。話雖如此，這並不表示他認為該保持沉默。可是，心下雖不排斥那些話，卻仍覺得渾身不自在。

「我去拿零件。」

彷彿要逃離現實中微妙的氣氛，佐久間快步經過瀧本身旁，朝樓梯走去。門邊的S形掛鉤上吊著一塊白板，上頭寫著這個月和下個月的排班表。以年月日及星期幾、早、午、晚區分，雜亂無章地貼上寫著快遞員名字的磁鐵。

快遞員是一種採結果論的工作，而磁鐵的顏色也是依表現區分。王牌、高手、普通、新手四個等級分別以紅、綠、藍、黃代表，兼職人員則是白色。佐久間的磁鐵是紅色的，唯一的評價基準就是累積的送貨次數。

這家公司也和其他的自行車快遞行一樣，快遞員大多被視為接案的個體戶。佐久間隸屬的營業所大約有六十名快遞員，正職員工只有所長與調度人員共四名。有時看到兼職人員加入，以為白板上要多了新名字，不知不覺人又消失了。已經過了中午，絕大多數快遞員早上離開後，直到傍晚或晚上前都不會回來。有些人送完貨就直接回家。目前還在營業所裡閒晃的快遞員只剩下佐久間一人。

他穿過鐵門走上樓梯。樓梯非常狹窄，要是有人迎面走來還得側身才能通過。清掃得也不澈底，四處散落塵埃，瀰漫著一股霉味。牆上張貼著兩年前舉辦的市民自行車賽傳單與自行車社團的招募簡章。

以防不時之需，佐久間將一些預備零件放在置物櫃室。畢竟有同居人的狹小租屋處裡堆不了太多自行車用品，所以零件大半放在職場，也慶幸這裡還提供公用的特殊工具。置物櫃室在三樓，二樓是正職人員的辦公室。

打開與一樓一樣的鐵門，走進一條同樣細長的通道。通道旁依序是男用置物櫃室、淋浴間、茶水間，盡頭的空間直到幾年前為止都作為倉庫使用，如今改為女用置物櫃室。但營業所裡的女性寥寥可數，真正從事快遞業務的只有兩位。

並不是每一位快遞員都有專屬的置物櫃。快遞員的人數往往比置物櫃數量多很多。即使如此，也不乏列在名冊上卻一次也沒出現的人，有的則是遇上車禍或嫌太累很快就不幹了，流動率高到沒必要準備足夠的置物櫃。能在長方形磁鐵上以油性筆潦草寫上漢字或片假名簡稱的快遞員，往往都已經待上好一陣子。室內如迷宮般立著米白色的細長置物櫃，還擺出幾張內墊因破裂而露出的合成皮製圓椅，幾件不知誰穿過的自行車衣散落在椅子和地板上，要走進置物櫃室得一路避開這些雜物。佐久間的置物櫃靠近房間正中央，一股男人的酸臭味不住往鼻腔裡衝。反正也沒人會說話，佐久間占用了兩個置物櫃，一個吊掛衣物，另一個放零件。他不像其他人會隨意將東西扔在地上，卻也沒細心到將置物櫃整理得井然有序。一打開放零件的置物櫃，霎時映入眼簾的是堆得滿滿的零件。除了自行車會用到的材料以外，也有螺絲、螺帽這類泛用型的小零件。自從學會修車後，對於眼前的物品也多少更熟悉了。儘管還是買了許多用不到的零件、螺絲和工具，但能堆成這座小山，也著實學到不少知識。

佐久間彎下腰翻找起來。有些在箱子裡，有些則四處散落。撈到形狀明顯不對的就塞回櫃子裡，手感很像的就湊近眼前確認。來回翻找了幾次，終於找到後勾爪。

走回一樓打算修車時，瀧本在樓梯間叫住了他。

「能不能聊一下？」說完便半強迫地拉他進辦公室。

辦公室裡冷氣設定的溫度很低，沒有一絲溼氣。右側牆邊是一排電腦和辦公室設備，每部主機都連接兩、三臺螢幕，上頭是地圖、客戶名單、排班表等等。三位調度人員都穿著牛仔褲或工作褲，上半身套上印著公司商標的T恤。文件四處散落，顯然沒人整理。室內因不間斷的無線電雜訊、工作指示與回報一片嘈雜，沒有人戴口罩。

左側是兩張相對擺放的兩人座沙發，中間隔著一張低矮的玻璃桌，桌上擺著幾本讀到一半的自行車雜誌和型錄。最內側是所長的辦公桌，電腦螢幕背對著他們。瀧本沒有走回座位而是在會客沙發坐了下來，伸手示意佐久間也坐下，並說「不會耽誤你太多時間」。這是業績制的工作，他只想趕快修好車出門送貨。

「後勾爪撞歪了？」

在業界，每個人都很熟悉常發生的問題。倒車或摔車時最容易損壞的零件代表，就是裝在車身後部的後勾爪。一如其名，這就是用來勾住變速器的零件。

「歪到都快斷了。」

「變速線呢？」

「應該沒問題。」

閒聊在雙方的默契下冷不防打住。瀧本將桌上的雜誌挪開，從透明檔案夾裡取出幾張文件。

「要談什麼事？」

「想找你談轉正職的事。」瀧本邊翻找文件邊說道。過了半晌又低喃著「找到了、找到了」。

「基於目前的情況，最近總公司和其他部門有些人離職了，通知我們找較資深的夥伴來進行這種類似意向調查的面談。」

不消說，「目前的情況」指的就是新冠疫情。發布緊急事態宣言、業務悉數中斷時，情況一度很緊張，幸好前一個月多排了點班，才勉強熬了過來。大家都說遠端工作將成為新的生活型態，但這自然不適用於快遞員這一行。當時滿街都是利用業餘時間兼差騎車送外賣的人，有的則隨著這波潮流來到佐久間所屬的營業所，但都待不了多久。做不下去的理由，和新冠疫情前沒有任何不同。

人流重返市區後，雖然生意仍較疫情前清淡，至少有單接了，怎麼說都比沒得跑好。

「也找近藤談了嗎？」

「稍微談過。但那傢伙說之後有其他規畫。」瀧本含蓄地回答。

不僅是快遞員，正職的離職率也很高。理由很明顯，首先是薪水低，其次是業務多。快遞員——接單的一方——雖不穩定，但好壞見仁見智，至少跑多少就賺多少，累了還能靠排班調整業務量。可是，一旦轉了正職不僅獎金少得可憐，也休不了年假，比起兼職根本沒增加多少好處。雖然內心仍會嚮往正職員工的身分，這點總讓他躊躇不前。

「嗯，我目前不考慮。」

「好吧。」

瀧本看起來並沒有太失望。畢竟他也當過快遞員，大家都心知肚明，如今對彼此的狀況說三道四沒有太大意義。

兩人陷入一陣沉默。

「哦，只有這件事嗎？」

「嗯，對。」

佐久間伸手朝身後的門指了指，問道：「那我可以走了嗎？」

瀧本也和坐下前一樣揮著手示意。

佐久間將自行車架上維修架，動手修理起來。

後勾爪是常損壞的零件，修起來並不難。他從看似雜亂又像整理過的鐵網架上取下六角棒與螺絲起子。雙手忙個不停，但腦海裡忍不住計算起走回來花了多少時間，以及維修又花了多少時間。看來再怎麼保守估計，還是很難彌補上午的損失。

換上新零件後，先伸手轉踏板測試前後變速，運作得很順暢。雖然才經歷下雨、摔車、收入變少等一連串不走運，但此刻佐久間的心情已完全好轉。原因就只是換了零件這麼單純。

這輛Cannondale CAAD9是幾年前的車款。買下之後至今只剩車架沒變，其他零件全都因損壞換新過。雖會定期清理，但黃綠色的車身上頭還是傷痕累累。

佐久間熟練地卸下維修架，將自行車往牆上靠。接著便走向二樓的辦公室。

瀧本正埋首辦公，似乎沒察覺佐久間進來。

「車子修好了，可以回去接單。還有哪裡缺人手？」

自行車快遞幾乎集中在市中心，大致上以皇居為中心半徑十公里、頂多十五公里範圍內。下單的客戶也不會傻到請自行車送貨到御殿場或牛久。

通常是趕時間的文件才會委託營業所，例如趕著拿到確認簽名的廣告打樣，還有那些別說是急著早一天，可能早一分、甚至早一秒簽約都好的客戶。包括佐久間在內，大多數快遞員都認為雖得視貨物大小和距離而定，但在這座到處塞車、連搭電車都陷入無盡轉車輪迴的城市裡，能最快將貨物送到的交通工具就是自行車了。

調度人員快速討論後，其中一人回過頭。「能到港口那頭待命嗎？」

「收到。到了會通報。」

這家公司將工作範圍劃分成港口、新宿和中央。雖然仍有零星幾件來自北邊的單，但還是較集中在這一帶。快遞員每天一早都會先來營業所確認自己負責跑哪一區，前一天確認過的人則會直接從家裡出發。

「騎車小心。」

臨行前，瀧本轉過頭朝他喊道。佐久間抬了抬手回應。

在一樓再次確認過裝備，佐久間便跨上自行車離開營業所。停車場與營業所前的路面有段差，通過時衝擊直接從坐墊傳到了身體，看來胎壓太高了。起初車速快不起來，騎得不太穩。平日白天的住宅區幾乎不見人影，習慣了這份寂靜後再騎沒多遠，就是一片車水馬龍，這常讓佐久間感到不可思議。

他回想港口那頭常下單的幾家公司。從T字路口左轉，佐久間還沒騎出住宅區，眼前是一條漫長和緩的狹窄下坡路，柏油路印著與車同寬稍微凹陷的痕跡。他的視線從手把附近移向遠方，路上的兩個十字路口地面漆著白色的「停」字，但已經斑駁不堪。彎道反射鏡裡不見人影，他放心俯衝。車速漸漸加快，騎起來也愈來愈穩定。輪胎壓在柏油路上，像電流般滋滋作響。騎到坡道前方的新宿通前，他輕握煞車拉桿確認間隙，感覺很好。

騎到坡道終點時，眼前新宿通十字路口人潮手中形形色色的傘面交錯。這回他不敢再直接衝出去，而是在停車線前放慢了速度。握住煞車拉桿時，感覺煞車距離比想像的長。看來該換碟煞系統了，物欲冷不防冒了出來。如此一來就得買新車，原本的輪框也沒辦法用。手中還剩多少錢？內心不自覺天人交戰起來。

愈接近大路，建物的屋齡看起來就愈新。他左右張望後，減速穿越人潮的縫隙騎上人行道。在人行道上騎太久，恐怕會惹來多事的傢伙記下公司名稱後投訴，便趕緊在下一個行人穿越道騎到馬路對面，上了自行車道。

走出車站的人潮比走向車站的多。車流量驚人。

不巧又碰上紅燈。雖然淋著雨，佐久間還是緊緊踩著踏板維持立騎的姿勢。車身稍往左傾就將龍頭右轉、稍往右傾就將龍頭左轉，在靜止不動中保持平衡。幾個停下來等紅燈的行人百無聊賴地看著車上的佐久間。

車道的燈號由黃轉紅，不多久行人專用號誌轉成綠燈。踩著踏板的同時將變速器往前推一檔，雖然並不是找人比賽較勁，但佐久間與一旁終於盼到綠燈的行人還是爭先恐後地擠向行人穿越道。對向人潮也朝這頭湧來。

佐久間將手把往右轉，試圖在被人潮吞噬前騎上車道。快一點、快一點、快一點，他在心裡喃喃自語，將變速器再往前推一檔，立時感覺踏板踩起來更重了。這時他才坐上座墊，目光往下掃視確認身體與車子的狀況，一切順利。他再次抬起視線，盯著標示白色箭頭的藍色看板，上頭寫著飯田橋、日本橋、半藏門、外堀通。

雨滴驀然劇烈地打在雨衣和他的臉頰上。並不是因為雨勢增強，而是佐久間猛然加速。景色飛快流逝，天空是綿延一片的厚重深灰色雲層。車流量雖大，但還算順暢。

原本打算騎到首都高速公路前右轉——也就是往南走——騎出車道，但遲遲找不到適當的時機。其實他可以先停下來等紅燈，之後再往南就好；不知何故雙腳不想停下來。他渴望讓身體騎得更喘一點。渾身發熱，雨衣裡泛起一股熱氣，奇妙的是他並未覺得絲毫不舒服。

不遠處的十字路口燈號要轉紅了。佐久間回頭確認後方沒有車輛追上，接著從座墊上抬起身體踩踏板。他盤算著從行人穿越道上往來的人潮中找個縫隙鑽過去，可惜無法如願，只得繞一圈迴轉到對向車道，鑽進第一條小巷。這並不是他原本計畫的路線，一時想不出會通往哪裡。只見車道變少了，臨停車輛愈來愈多。大樓與大樓之間、電線桿與電線桿之間掛滿了電線。貨運公司的HIACE或小貨卡四處繞，騎起來並不順暢。

騎了一陣子，才感覺記憶裡的與眼前的路逐漸變得一致。再騎下去應該會到參議院議員會館與日比谷高校之間的馬路，接著就是東京塔下了。

有時比起堅持走原本決定的路，漫無目的稍微繞個路反而走得更順暢。現在他心裡就是這種感覺。

道路狹窄，加上可觀的人潮與車潮，速度幾乎快不起來。但這比起反覆停下來等紅燈要好太多了。佐久間左右閃避臨停車輛與行人，懷著愉悅的心情騎在小巷裡。曲面鏡裡一輛赤帽貨運的輕型貨卡閃著雙黃燈，車頭緩緩從眼前左側的小巷冒出來。佐久間絲毫沒減速，猶如掠過這輛車的鼻尖般騎了過去。雖然輕型貨卡速度慢到形同靜止，但見佐久間這麼一鑽就完全停下，還按了聲喇叭。這時佐久間已經騎得老遠，還在心中幸災樂禍地罵了聲活該。

鑽過首都高，穿越大馬路後經過幾條小巷抵達目的地一帶。他將檔位打到輕檔放慢速度，棘輪的轉動聲聽起來很悅耳。

他取出肩墊裡的無線電，回報「26久間，芝公園」。

平日的公園裡當然少不了親子或情侶，但最多的還是同行，下雨天尤其如此。每個業績制的工作都一樣，最討厭的就是待命，其次就是下雨。待命的時候一毛錢也賺不到，還讓雨淋就更消耗了。如今正好符合這兩個條件。

佐久間在公園外繞行，尋找適當的待命地點。遺憾的是有屋頂可避雨的地方早被別家公司的快遞員占走了，樹下或其他較理想的地點也一樣。看來道理大家都懂。機車快遞則都停到路肩待命。

佐久間邊淋著雨邊緩緩騎離公園，騎了一陣子來到一個十字路口。眼前一棟辦公大樓的一樓有7-Eleven。摔車後又回公司修車，忙到根本沒時間吃午飯，他決定進店裡休息片刻。

卡鞋在店裡走起來聲音特別響亮，只見店員以帶著幾分呆滯的眼神瞪著他。或許是想提醒他別讓雨衣的水滴到地板上吧。

要買什麼大抵已經決定了。反正工作時多半只會買那幾樣。不是吃到一半案子來了能馬上扒光的、能邊騎邊吃的、就是能快速吞嚥下肚的食物。

佐久間這回買的是Calorie Mate營養能量棒、威德清涼能量果凍與紅牛能量飲料。一停止運動身體便迅速冷卻，原本悶在雨衣裡的熱氣不知不覺間成了降低體溫的冷氣。眼下他自然巴不得能在店裡解決這餐，只不過飲食區的椅子都被撤光了。這也算是這場全球性疫情對自己帶來的不便之一。

佐久間心不甘情不願地走到店外。稍稍環顧周遭，還是找不到適合避雨的場所。便利商店落地窗外可見到一小片類似遮雨棚的突出，遮蔽面積雖小得可憐，至少具有類似屋頂的遮蔽功能。落地窗的另一面則可見3C產品情報誌和週刊雜誌的封底。

佐久間倚靠著這片落地窗，喝起了紅牛補充能量。他漫不經心地望向交叉口，十字路口矗立著幾棟低矮的大樓，其中一棟是住商兩用，一樓是一家香菸攤。看似店主的老婦人在攤子前讀報，但從她那文風不動的身子看來，可能早睡著了。還有兩棟看似屋齡算新，卻毫無特色的大樓。不時可見附近的上班族或一身工作服看似搬運工的男人在香菸攤前的圓筒狀菸灰缸旁吞雲吐霧。

喝完紅牛，他將空罐往腳邊一放，狼吞虎嚥地嚼起營養能量棒。才吃完四條，又立刻將能量果凍灌進嘴裡，感覺食物在嘴裡蠕動的口感與過頭的微妙甜味在口中擴散。

味道當然分得出是甜是苦，但佐久間並不是個細心到一一品評食物風味的人。味道就是味道，事實就是事實。他唯一清楚的，就是不吃東西會發生什麼事。

剛開始做這份工作時，他幾乎廢寢忘食拚命騎車。這種近乎自我厭惡的生活持續了大約三個月——佐久間比誰都清楚目前的工作態度也絕對稱不上正常，但比起那三個月已經好太多了——當時確實是背負著幾分贖罪感瘋狂奔馳。

調度人員與負責培訓他的同事都看得瞠目結舌。但每天跑單超過一百公里，一陣時日後他還是累倒了。等不到回家，就在工作時倒了下來。等紅燈時視野四周驀地變暗，緊接著黑影朝中央滲透，很快眼前就一片黑。雖然已經分不清自己還騎著車，或是已經倒下來了，但意識還在。想伸手拿無線電，卻不知道該動哪幾根指頭，只好出聲呼救。似乎是一名中年男子發現雙腳還使勁踩著踏板的佐久間連車倒地後，趕緊上前將他攙扶起來。

「請幫我按無線電的按鈕。」他擠出最後一絲力氣說道，虛弱地向調度人員呼救。當時也是近藤趕來接手他的貨物，接下來佐久間休息了一星期。事後他才被告知這叫做「飢餓擊倒」（hunger knock），是一種從事鐵人三項、自行車賽、泳賽等運動時，因長時間、長距離的身體活動耗光體內所有糖分，導致肌肉與頭腦都停滯的症狀。幸好當時在等紅燈，若是騎在路上，還是在大馬路上，後頭又追來一輛十噸卡車會是什麼樣的後果，佐久間想起來不禁一陣戰慄。

幹這行不吃飯會死人，同樣的事絕不能再發生。截至目前從事的各種工作中，不吃飯也不會有任何影響，但在這裡絕對不行。佐久間知道自己頭腦沒多好，不偶爾吃點苦頭可是弄不懂一些道理。

垃圾桶設在店內。他將罐子丟進瓶罐回收桶，其他全扔進可燃垃圾桶。

飲食除了能量補給以外沒有意義。佐久間對於許多社群、報章雜誌上，甚至周遭人們對於食物的重視，多少抱著點反感。雖然不至於反應過度激烈，但每當看到社群動態上那些以大盤子盛裝分量極少的美食照，心下都不免惱火起來。飲食這回事在佐久間眼中就是這麼不具分毫價值。

才走出店外，無線電毫無預警地響了起來。「芝Studio下單。久間可以過去嗎？」調度人員透過螢幕就能掌握誰接哪個客戶的單，因此聽起來像詢問，其實是命令。

他解開了將輪框鎖在護欄上的鋼纜密碼鎖。

「這就過去。」

他按下無線電回覆。無線電的開關簡直就像操控他的開關。跨上自行車，騎上大馬路後，使出渾身解數全力衝刺。此刻心裡絕不會湧現一絲雜念。

騎了一段，他在腦海中勾勒起這趟路線。芝Studio，老客戶了，貨應該還是送到同樣的地方吧。佐久間心下有了譜。

芝Studio是一家動畫製作公司，離六本木不遠。那一帶有許多坡道，芝Studio就位於坡道頂端。差不多十分鐘內能騎到，他估算著。

雨轉小了，路上的行人也愈來愈多。風有點強，而且稍冷。騎車時即使沒特別留意，身體也會維持適當的姿勢。視線不遠也不近，雙腳以固定的節奏不重也不輕地踩著踏板，耳朵仔細聽著車聲，心在跳動，肺在鼓動，自然地吸吐。

佐久間沉穩地在車道與人行道間騎行。車流走走停停，他幾度超越某一輛車，又被同一輛車超越。道路兩旁幾棟建築的造型呈現出摩登的細長感，有些則顯得歷史悠久，偶爾錯落著幾座空屋。原本並行的白色麵包車突然加速，在佐久間前方不遠處貼向自行車道。

絕對是故意的。

佐久間也是個容易動氣較勁的人，雖然無法穿越，還是不時迂迴掠過麵包車繼續前進。

這段路綠化程度得宜，交通標誌與電線桿林立。路上緩緩行駛著不少高級車和小型巴士。

芝Studio就在目前騎行的這條小巷的下一條巷子裡。或許因為下雨，離開大馬路後噪音立刻降了下來。這一帶也和營業所附近一樣混雜著住宅與辦公大樓，但看起來高級得多。住宅看似古樸，門面卻頗氣派，予人一股莊嚴感。

這客戶所在的建築物來過好幾次了，加上在這一帶的街景裡顯得有點突兀，馬上就能認出來。與其說是坐落許多辦公室或事務所的大樓，毋寧近似暴發戶蓋的獨棟樓房，是一棟三層樓的鋼筋水泥建築，屋外有一道從地面延伸到二樓的戶外樓梯，不知何故交貨大都在這道樓梯上進行。

隔著下單的男性肩膀，他窺見工作室裡堆滿了資料、照片、畫筆、膠卷，瀰漫著墨水、紙張和不知是什麼但近乎橡皮擦的氣味。看過不知幾回了，還是完全看不出裡頭的人到底在做什麼。但讓他困惑的並不只有這家工作室，還有顧問公司、證券公司、雜亂不堪的辦公室、以為只能在網上或電視裡看到的所謂西海岸風玻璃帷幕辦公室都是如此。這些公司的共通點是從事的業務性質大多很明確，但若想進一步了解，就必定會冒出一些外人絕對難以觸及的東西。他覺得這種不明所以的困惑感，就像回家路上不知從哪裡飄來的咖哩味或燉煮料理的氣味。

自行車還沒完全停下，他便將右腳彷彿後迴旋踢般移往左腳後方。煞車也沒握就整個人跳下車奔跑起來。跑到階梯下時，隨即握住車架與頭管的部分一把舉起車身，將整輛車翻轉一百八十度後往牆上一靠。

接著他跑上階梯，鞋底的防滑釘咯咯作響。

按下對講機，報上公司名稱。門一開，一名滿臉油光的壯碩中年男子走了出來，房內那熟悉的氣味也隨之逸散門外。佐久間先將男子遞出的信封塞進郵差包裡，接著取出託運單，請男子填上發件人與收件人的姓名。

「你動作真快。」男子邊寫邊說。

「這行就是得快。」佐久間笑著回答。反正這種微妙的等待時間閒著也是閒著。

「真是幫了大忙。動畫導演剛剛終於說ＯＫ了，現在就卡在這裡，得趕快送去做成動畫。」

說完便將託運單遞了回來。雖然不太懂動畫這行的工作內容，但畫圖的和讓畫動起來的似乎是全然不同的兩群人。其實沒聽過男人解釋，但送了好幾次件，不知不覺就能理解大概是這麼回事。

「那就麻煩你了。」

男人像是鬆了口氣。他的那股緊張感隨著託運單傳了過來。

從現在拚了。絕對要賺回上午的失誤。

一走下階梯，佐久間便熟練地扣起郵差包的插扣。

跨上自行車，左腳朝地上一踢，立刻上路。同時以無線電回報：

「26久間。已取貨，正送往播磨映像。」

他早跑熟了這段路，不可能迷路。只是這一帶交通量大、號誌也多，不能掉以輕心。

「收到。」

就這樣，下午接著和平時同樣的單，跑著同樣的路，同樣辦完了差事。

這趟也順利地跑完了。查看手機，又有三個案子進來。急件會以無線電通報，其他會在應用程式上按照先後順序排列。

依序跑完這幾趟，終於結束最後一趟時，已經超過晚上六點。十月起氣溫降得很快，天也黑得早。一早佐久間就被告知今天只要跑到五點就好，但接單時總會造成延誤。

騎到營業所附近時，他心想直接回家也行，但還是先整理託運單好了。

這工作只要在指定的時間前送達指定的區域、遵照指示送貨，不進營業所也無所謂。可以從家裡直接前往送貨區域，送完貨直接回家的自由感，應該就是老是換工作的自己能做下去的原因。

雖然託運單累積到一定數量就非得整理不可，身上還得帶一些空白的，也不可能完全不進營業所。但想去時再去的工作形態，還是很吸引人。

調度員或社長等正職人員就沒這麼好運了。每天得處理報告書、當天排班快遞員的業績、工作時間、開立給客戶的請款單等堆積如山的事務。全都忙完後，隔天一切又從頭來過。

看來我還是當不了正職。

眼下不必送貨了，才能悠哉地騎在車道邊緣思考這種問題。

騎到熟悉的坡道頂端，事務所就在眼前。停車場裡停放著幾輛坐墊上了鎖的自行車，停不進去的則被雜亂堆置牆邊，放眼望去Piste、Road、Cross都有。佐久間停下車，腳輕輕一扭將防滑釘移開踏板。找不到適合的車位，只能把車靠在別人的車旁立著。

從門外的景象就能想像，一樓目前擠滿了快遞員，和白天一片空蕩蕩的景象截然不同。其中不少已經換好衣服；有的正將後輪架在維修架上替鏈條上油。交談聲工具聲棘輪聲喧騰。每天這時間都是這般光景。

「辛苦了——」

這時，有個男人以小動物般微微屈身的姿勢朝他喊道。是後輩橫田，旁邊還有瀧田、近藤與高橋。四人圍坐著一張摺疊長桌。

橫田就近抓了一把Coleman的椅子放到身旁，拍了拍示意佐久間坐下。眼前每個人的手中都拿著一瓶可樂。橫田頗討人喜歡，佐久間也對他毫無惡感。他有著一副小巧的五官和嬌小的體型，剃了個看起來像和尚、也像學生棒球隊成員的光頭。佐久間覺得他擁有太多自己缺乏的特質，但對此既不羨慕也不嫉妒，只是坦然接受這個事實。

「我先去整理託運單。」

佐久間微微抬起手向橫田示意晚點再過來，旋即跑上二樓。他依業務內容將託運單分門別類放進專用的櫃子裡，接著在登記簿上寫下自己的姓名與日期。辦公室裡，兩名調度員正在處理夜間寄件及對快遞員下指令，夜裡的無線電通訊聽起來有點空洞。下了樓，佐久間向橫田等人說「我也去買一罐」，就走向門外的自動販賣機，買了一罐五〇〇毫升的罐裝可樂，這才想起平時很少看到販售這容量的自動販賣機。屋內的嘈雜與燈光洩到了門外，他緩緩回頭望向背後的住宅區。雨還在下，燈光從老舊的公寓裡透了出來。公寓外階梯上呈波浪形的鐵皮屋頂，雨水正汩汩從屋頂邊緣往下滴。建物與建物之間幾乎沒有空隙，自牆與牆之間滲出的黑霧，應該是從抽油煙機排出來的油煙吧。

這是個黑盒子。白天經過的街道與散落的辦公室和倉庫、入夜後住宅區的生活似乎教人一目瞭然，卻又彷彿什麼也看不清，真相像隔著一張紙，怎麼也碰觸不到。這感覺在心中隱隱油然而生。

佐久間轉過身，像是要逃離這一切似的返回屋內。

「佐久間前輩聽說了嗎？近藤前輩做完十二月就要離職了。」

還沒來得及坐下，橫田就說出了驚人的消息。

「真的嗎？」佐久間不禁睜大了眼，目光旋即投向近藤。近藤靦腆地搔著頭說：「我要開店。」喝了一口可樂後，佐久間便熟練地將郵差包往前滑向肚子，在椅子上坐了下來。

原來如此，這下都對得上了。近藤歲數也不小了，佐久間驀然想起近藤從去年就常為了參加專門學校的講習減班或換班，看來就是為了開店做準備。不管鍛鍊得多扎實，人終究得服老。至今還沒看過一輩子靠這工作餬口的同行，應該未來也不會有。記得近藤已經有妻小，想必得更腳踏實地謀一份穩定的差事。

快遞員可做不了一輩子。這對佐久間而言也是相當頭痛的問題。但當他在執行任務的時候，就能從這行做不了一輩子的煩惱中逃開。踩著踏板、喘著氣、睜大雙眼在路上奔馳的瞬間，他會變得渾然忘我，連一輩子這種事都全然拋開。

雖然也可以轉正職，但走這條路只有當調度員、營業所長、業務的選項。公司裡自然還有財務、人事、總務等職缺，但這些並不是適合快遞員的職務。

會想當單車快遞員的人，不外乎已經有正職、出於騎車的嗜好來兼差，或是熱愛騎車、想從事與自行車相關工作，還有找打工的學生、走投無路的傢伙、不知道自己想做什麼反正來試試看的人，大致上就這幾種人。

我應該是最後一種吧，佐久間心想。騎自行車或維修都還算做得來，但既沒有身旁的同事厲害，更沒資格開一家自行車行，也並未懷著發展時尚或藝術天分的抱負。佐久間覺得橫田似乎和自己是同一種人，但他的抱負不少，而且總是說得自信滿滿。儘管個性輕率，說話模稜兩可，卻是個認真的傢伙。有時說想當YouTuber，個月後又說想開塗鴉個展、開選品店、將自行車文化推廣到全日本之類的傻話。但就是這股傻勁讓他備受老鳥喜愛，不知怎的也頗受菜鳥仰慕，方才還幹勁十足地脫口說出「我們也得向近藤前輩多多學習！」這種話。

一旁的瀧田開起玩笑，「想安定下來的話隨時找我。正職的缺還空著呢。」

這裡不是黑心企業嗎？橫田皺緊眉頭，邊說邊躺向椅背。

「開店前，做過市場調查了嗎？」

高橋將談話導回正題。

「嗯，聽過講習，廠商也會提供相關資訊。合夥人也算懂。」近藤語氣冷淡地回答。瀧本刻意嘆了一口氣。

記得高橋和橫田都是二十四歲。或許高橋本身沒想太多，但老是將話題導向自己熟悉的領域這點頗讓人討厭。話裡常夾雜英文，或是企業、研討會這類名詞，以至於當過上班族的快遞員或瀧本等正職人員都與他保持距離。騎行能力普通，判斷力低於常人，常被大夥在背後說得一無是處。但還是能將屬性相近、二十歲前後、剛入行不久的傢伙唬得一愣一愣的。

佐久間在尚未嫌惡或藐視高橋之前，有時會因為聽不懂他到底說了什麼，便在高橋聊起這類話題時一聲不吭。不只是高橋說話時，記不得從什麼時候起，他就察覺內心的這種傾向。在學時或不斷換工作那段時間，有時收到繁複的指示、閱讀說明書或聽別人談話時，會突然不明白意思、不曉得別人在說什麼。有時的確是因為心不在焉，但就算保持專注、努力想理解眼前的事，也還是辦不到。他消極地想，反正怎麼也聽不懂，從此就習慣不出聲了。

高橋還在長篇大論，瀧本與近藤聊著孩子的學費和妻子的健康保險這類「大人」的話題，佐久間則是滑著iPhone瀏覽社群網站。高橋察覺只有橫田半開著嘴熱心聽自己說話，便故弄玄虛地說著「我等會還有事」，匆匆離開了營業所。

「這混蛋，快點走人才好。」高橋一步出營業所，瀧本便不屑地罵道。近藤只說著「好了好了」打圓場，勸他別計較。近藤的優點就是維持中立，橫田的優點則是不懂得察言觀色。

佐久間倒是沒什麼意見。即便高橋被數落的一無是處，好歹他是大學畢業，而且比自己年輕、換過的工作也不多，光是如此就比自己強太多了。總覺得他就算辭掉這份工作——不論接下來混得好壞——應該還是撐得下去。但佐久間並不真的了解他的狀況。不只是高橋，他從未和同事聊得如此深入。從成長過程、收入到生活基礎，總覺得自己活過的證明全被留在了谷底。加入剛才的閒聊時也一樣，總覺得就像不久前的雨夜街景，每個人心中似乎都有一層別人看不見的屏障。

佐久間不確定自己是否真的融入了這場閒聊，心不在焉地胡亂應和著。滑完一輪社群的動態後，瀏覽起Yahoo!的新聞標題，是一則貨運業男子遭解雇後懷恨在心，以菜刀刺死同事的新聞。

接下來大家又聊起自行車器材，也聊了點工作上的事，瀧本說還有工作得趕，就回二樓去了。近藤則念著太晚回家太太會囉唆，也跟著離開，只剩下橫田與佐久間兩人。

一樓變得鴉雀無聲，只見幾名晚班人員進出。

「我們也該走了。」

佐久間收起手機站了起來，帶著下定決心般的語氣說道。其實佐久間要騎車回家，的確得有點覺悟。

「佐久間前輩要騎車回去嗎？」

依然坐在椅子上的橫田抬起頭來看向佐久間。

「是啊。」

佐久間沒有看他，迅速地穿起屁股附近破了個洞的雨衣。

「很累吔。」橫田笑著說道。

「不會。騎車的時候什麼都不必想。」

「是嗎？我騎車的時候總是想東想西的。佐久間前輩，瀧本所長問過你轉正職的事嗎？」

「問過啦。你打算繼續坐在這兒聊嗎？」

「對啊。」橫田語氣強硬地回應。佐久間笑著說：

「換個地方吧。離這裡近一點。」

「找個地方吃好料？」

「最好是三鷹那一帶。」

「哦？但我是反方向。」

「那只能就近找地方了。」

兩人並肩站在大樓與停車場的分界線上，呆然地仰望著天空。

「颱風好像來了。」

哦，佐久間淡淡地應了一聲。幸好這個月都排週四的班，每週五休，所以明天和週六不必上班，應該能躲過這場颱風。

「你明天有嗎？」

當然是問有沒有排班。

「有啊——下午才有。」

「啊——」的口氣拖得有點長，聽來似乎不太情願。雖然揶揄別人騎車回家「很累」，但橫田也默默穿起雨衣。

兩人有時並行、有時一前一後，騎到了新宿通。橫田喋喋不休說著對面一家店的拿坡里義大利麵是招牌美味、但店內油煙很重之類的話題。再往西騎了一段路，最後兩人走進外苑西通十字路口的摩斯漢堡。自行車立起來以地球鎖的方式鎖在柵欄上。要是有人在這雨勢中還要偷這麼破爛的自行車，或許反倒該稱讚他勇氣可嘉。

店內是狹長格局，有餐桌、也有吧檯，但座位間基於防疫以壓克力板區隔，隱隱給人一種壓迫感。已經這麼晚了，仍有不少客人在筆記型電腦前皺起眉頭敲打著鍵盤。餐桌幾乎被這些人或聊天音量稍大的學生占滿了。兩人只好在吧檯找位子並肩坐下。正要將濕漉漉的雨衣塞進背包和拋向桌下的地板時，隔壁的中年人一臉嫌惡地看了過來。

佐久間拿出手機，在LINE上向同居人發了一則今天會晚點回家的訊息後，順道點開社群網站。身旁的橫田又延續剛才的話題。佐久間不由得也點開了求職網站。

「以前我都會婉拒，但這回告訴他讓我考慮一下。」

「你說瀧本所長？」

「是啊，畢竟大家都說景氣會愈來愈差。你難道不擔心這樣幹下去會有問題？」

「會啊。」佐久間給了一個看不出有沒有在聽的模糊回答，依舊盯著手機。「行政我應該做不來」、「但物流的揀貨和搬運太累了」、「沒有駕照也不能開車」，他邊滑著螢幕上的徵才訊息邊想，看到感興趣的關鍵字就花幾秒鐘停下來，仔細看了薪水和工作內容後又覺得「還是不行」。就這樣反覆同樣的流程。

「你在聽嗎？」

「有啊。你說不想工作，對吧？」

「根本沒在聽啊。」橫田笑了。「正好相反。我覺得自己也該找個穩定的工作了。」

佐久間像是想起什麼似的將手機朝桌上一扔。「可是，比這裡薪水好的工作可不多。」

「話是這樣說，但看起來高，卻連個保險或福利都沒有。薪水再多，扣除這些也沒剩多少。」

的確，還得扣掉更換磨耗的煞車皮、變速線、止滑手把帶這些行頭的開銷，其中當然也包括後勾爪。佐久間不禁回憶起往事。

自己也有過一段工作穩定的時期，但那些工作裡都有些佐久間無法適應的事。每次看到三聯複寫紙的保險申請書，還有提交給人事部或總公司的文件，他眼前就會變得模糊不清、腦袋一片空白。僱用、僱員、期間計算這類詞彙，很快就將佐久間的幹勁消磨得無影無蹤。

「你想轉正職？」

「所以才找前輩出來談啊。」

「你找錯對象了啦。」佐久間不禁苦笑。

「有點感覺到了。」橫田也笑了起來。

「其實，也是好奇佐久間前輩對未來的打算。前輩的年資僅次於近藤前輩，應該經歷過很多事，知道哪些工作不錯吧？」

讓我想想。

佐久間托著下巴。想著想著，思緒驀然化為雜念，與回憶交織不清。

佐久間老是在換工作。起初出外工作的目的很明確，就是離開充滿壓迫感的老家。於是，高中一畢業就加入自衛隊。當時還未成年，必須提交父母簽名的同意書，他便找了字跡娟秀的同學模仿簽名，再到文具店買印章解決。

從起床到就寢一切得遵守規則的生活，從某方面來說完全不需花心思，過起來很輕鬆。但兩年任期一滿，他還是辭職了。

「不好意思，下次留營可以和你換嗎？」

部隊裡的人分成在營區內生活的營內者，以及住在基地外的營外者兩種。不論平日還是假日，前者操完課後也無法自由離開。為了因應突發狀況，至少要確保最低限度的人員留在營區待命。有時，任期雖長、卻仍是上等兵的學長會半強迫地拜託自己換班。後來，佐久間也懂得搬出「可是我得準備下回的上士候補生考試」這類煞有介事的藉口搪塞過去。但部隊裡任誰都清楚他絕不是個會利用自由時間讀書的料。原本情緒起伏較大的佐久間，當天雖然沒那打算，脾氣還是爆發了。在那經驗比階級更受重視的圈子裡，他兩者都不具備。就在那一瞬間，他和對方扭打了起來，最終上士衝進來架開兩人。

看來差不多了，佐久間咬緊牙關、感覺血腥味在嘴裡擴散的同時心想。自然還有別的因素。最初的目的是工作地點離家愈遠愈好，沒想到被分發到離老家僅三十公里遠的大宮基地，於是佐久間做完一任就辭職了。

接下來他在東京都內一家不動產公司當起業務，算不上大公司，而是位於西武線沿線一棟寒酸的站前住辦兩用大樓一樓的小公司。還有另一家分店，員工來來去去也有五、六十人之多。起初佐久間還感到慶幸，同時解決了住居與工作兩個問題。如今回想起來，那也是一家錢少事多的黑心企業，但比起得睡在營區的自衛隊，他那時並未表現得太過抗拒。然而，這份工作也只做了一年就辭掉了。

社長的兒子時常進出佐久間這邊的辦公室，不時會向女職員開些無聊的玩笑，或是吹噓著自己微不足道的事蹟。旁人要是聽得意興闌珊，還會挨罵。

「你這麼缺乏幹勁真的不行。要多和朋友打交道啊。」佐久間記得當時曾被這麼訓過。只不過，要從這位大叔的可笑事蹟裡找出值得借鏡的經驗，本身就是一大疑問。首先，誰知道那些吹噓事蹟的真實性，說不定是從電視還是漫畫裡看來的，再加上這位大叔曾經把整合網站[2]裡的故事當成自己的事蹟來吹噓，而自己只不過脫口回了一句：「這不是整合網站裡寫的嗎？」當場又挨了一頓罵。不甘示弱回嘴後演變成肢體衝突，就此被炒了魷魚。

「當時別那麼衝動就好了。」事後常這麼想，但他往往按捺不住情緒。每當一股怒氣衝上腦門，不知不覺間罵聲就出口了，甚至動粗。脾氣瞬間爆發之際，都覺得憤怒的門檻似乎又降低了。雖然已經記不清楚，但頭一次動手揍人的時候肯定非常緊張。只不過隨著揍人和挨揍的次數愈來愈多，原本鎖在身上的螺絲也掉了一地，不知去向。後來佐久間再動粗時，最初的緊張感早已無影無蹤。

總而言之，不必再聽那種傢伙鬼扯雖不是壞事，同時失去工作和住處還是教人苦不堪言。

後來輾轉在提供宿舍的工廠或工地幹活。每換一次工作，就得搬家。雖然有時是約聘員工，但還是打工性質居多。

佐久間偶爾會想起這些往事，但又覺得遲早會忘得一乾二淨。反正這輩子應該不會再看見那個社長的混帳兒子，也不會再遇到愛偷懶的士官長前輩。

佐久間在心中自嘲。常常不經意想起過去職場上的事，但好工作一個也想不到，怕隨便給橫田建議只會壞了事。

「現在的工作最好啦。」

回顧過往的工作經歷，的確打從心底這麼想。沒有煩人的從屬關係、橫向部門聯繫，只要四肢健全，就能領到豐厚的薪水。

但橫田似乎並不滿意這份工作。

2 日本一種將各大新聞網站、網民留言等大量情報資訊整理後發布文章的網站。

「的確是跑多少賺多少。起初覺得這樣賺錢還真好賺，但最近感覺我好像跟不上身邊的人、慢慢被大家超越了。連房租補助什麼的也沒辦法申請。」

「要不然找個其他正職試試看？不習慣再回來就好。」

「可是，頻繁換工作似乎不太好？」

「我哪知道啊。」

橫田誇張地大喊「啊——」，整個身子趴伏在桌上。過了半晌又猛然抬起頭自言自語：「都二十四了，三十歲前非得穩定下來，為未來打好基礎不可。」

橫田的焦慮，佐久間比誰都懂。「明確的目標」、「打好人生基礎」都是再抽象不過的概念，然而二十四、三十卻是具體的數字，想起來就很沉重。每次在網路或電視上看到標榜年輕世代出頭天的節目，即使自己既不是資深運動員也不是公司老闆，內心還是隱隱地焦慮著。在社群上滑到「三十歲前要完成的事」這類主題的貼文，也會心情一沉。換作是職業運動員或新創公司總裁口中「要完成的事」，像自己這種平凡人就可以不予理會；但是當和自己一樣的平凡人高喊「要完成的事」，可就躲不過了。

「對於還剩兩年就要三十歲的人說這種話，會不會太過分了？」佐久間稍稍吐了個槽。

「才不會。佐久間前輩經歷這麼豐富，又有同居女友，在我看來已經算找到目標了。」

「目標？」

佐久間心底一驚，轉頭仔細端詳著橫田的臉。只見他一如往常，神情不見一絲虛偽。

「到底該怎麼辦才好？再這樣庸庸碌碌下去以後就完蛋啦。都二十四了還這副德行，大家會怎麼想？佐久間前輩二十四歲的時候是什麼感覺？」

這傢伙完全沒打算解釋「目標」是指什麼。

「和你現在一樣啊。」

很想聽他解釋目標是什麼。但要是他覺得自己已經找到了目標，就這樣誤解下去也好。

「可是又覺得都這種時代了，還在為了無新意的問題傷腦筋，會不會太遜了。」

「了無新意？什麼意思？」

「就是大家常說的SDGs、少數族裔、永續性什麼的？總覺得這個時代好像不該老為正職啊、薪水啊這種事煩惱。我們也該為環境盡一份心力才對。前輩覺得呢？」

佐久間噗嗤一聲笑了出來。

「我不曉得這算不算是了無新意，但別說『我們』，連我也拖下水好嗎？」

橫田還是一臉嚴肅。正如這傢伙說的，自己所面對的問題——儘管佐久間總是靠騎車逃避——要是真的了無新意、沒有任何人在乎，就代表自己的人生根本一無是處。倘若找別的工作，又會像剛才滑手機一樣，嫌棄這個不好、那個也不好，一一剔除選項的過程中不知不覺只剩下條件最差的工作，到頭來又會變得鬱鬱寡歡。

「開一家店如何？下次來打聽打聽。我想盡快跳脫這個無限迴圈。」

無限迴圈、目標。橫田這番話在腦中揮之不去。這股滯悶感難以形容，就像在水中沒溶化結成塊狀的可可粉一樣，牢牢黏附在自己的腦海裡。

「跳脫得了嗎?」

這下子輪到佐久間在自問自答了。但他並不抱期待,也覺得就算像現在這樣努力下去,到頭來也不會達成任何目標。他並不清楚要努力到何種程度,才能達成讓自己滿意的目標,甚至覺得過度努力的自己只會離目標愈來愈遠。明知道拒絕努力和夢想不勞而獲同樣愚蠢,但他的確也想跳脫這種狀態。

「對了,前輩看過Cannondale的CAAD13嗎?造型流線又有碟煞,感覺很棒。」

橫田火速將原先的話題遠遠拋在後頭,聊起了自行車。這傢伙切換思緒的功力,簡直和性能優異的變速器一樣厲害。

「看過啊。線材都藏在車架裡,對吧?但維修起來應該很麻煩啊。」

勉強接上話了，但佐久間還是不住思索著前一個話題。畢竟腦袋生鏽多時，沒辦法像橫田那樣流暢地切換思緒。

佐久間從桌上拿起手機，一點開手遊就立刻將螢幕轉橫。既然無法迅速切換思緒，只能靠別的事讓自己不在這問題上繼續打轉。這是個百人以上玩家在戰場上蒐集散落的武器或物資，彼此殺戮到最後一刻的大逃殺遊戲。但他背著降落傘空降地面，才剛進入一間民宅時就被殺死了。

隔著肩頭窺探螢幕的橫田開心地笑著說：「前輩打得好爛啊。」

接下來兩人一起打了四場，再漫無目的聊了一會，就解散了。

「明天見嘍。」店門外，一切準備就緒的橫田跨在自行車上說道。

「都說我明天休假了。」

「哦，對吔。」

橫田靦腆地笑了笑。佐久間高高舉起一手道別，便騎車上路。

他輕握煞車拉桿確認車況，接著將右腳的防滑釘卡上右踏板，左腳往地上一蹬慢慢前進。

十字路口到處是燈光。馬路上車頭燈與車尾燈的光線交錯，還有從大樓洩出的燈光與霓虹燈的光芒。一名穿套裝的高䠷女人在停下來等紅燈的佐久間眼前穿越馬路，坐進一輛計程車裡。

他凝視著女人穿越馬路上車，暗忖所謂穩定的工作並不是打手遊，而是像她那樣叫計程車、穿正式套裝上班吧。雖然他也當過上班族，但仔細回想，大多是下班後陪業務前輩喝酒後叫車回家。說不定女人也是同樣的情況，只是戴著立體剪裁口罩，看不出喝多醉吧。

到底怎樣活著才算穩定？

看到女人搭乘的計程車緩緩起動，他才發現燈號已經轉綠。

夜裡新宿通的車流量也很大。剛發布緊急事態宣言時，街上偌大的靜默讓人難以置信。期間他只去過營業所一次，但無單可接，很快就回家了。如今的氣氛卻絲毫感覺不出這城市曾經歷過那樣的緊急事態。每天仍聽得到新冠的話題，但那似乎已是另一個世界的事。

以白線隔出的自行車道上等距繪有自行車的圖案，但依然可見計程車與小貨車閃著警示燈停在車道上。路上的車頭燈一閃一閃地駛過，和自己還保有一段距離，街景與車燈映照在被雨水淋溼的柏油路上。他從右側超越了停在路邊的計程車。

再往前騎一段路就是新宿車站。眼前的光景只能以繁雜形容，從Busta[3]到車站、從車站到Busta，到處是推著行李箱來往的行人。

3　位於新宿南口，日本最大的高速巴士總站。正式名稱為「新宿南口交通總站」。

情侶、上班族、警察、遊民、學生。他與車流並行全速向西騎行，過了車站是一段下坡路，可以看到航空障礙燈在遠方的新宿公園塔頂端閃爍，亮起的紅光輪廓在不知是雨雲還是煙霧的遮蔽下顯得朦朦朧朧。

沒必要趕著回家。卻也不喜歡身體在感覺不到分毫負擔的輕鬆慢騎下，油然生出彷彿自身不再存在的感覺。

想要遠走高飛，巴不得立刻逃離這一切。目前所在的地方，感覺距離想逃脫的地方十分遙遠，又好像其實一步也沒離開。

佐久間保持穩定的速度，在中央道的下方車道上高速騎行。

這一帶直線視野相對良好，但稍微受到沿途的路樹與隔音牆遮蔽，加上從公寓或單行道貿然鑽出的零星車輛，還是大意不得。有時快速道路下來的車輛還會以高速衝到下方車道，而且這類駕駛往往不會留意周遭。

佐久間的家就位於中央道北邊不遠的三鷹邊緣。附近沒有電車站，要走一小段路才有個小田急巴士的車站，交通上並不方便，因此租金很便宜。附近散落著市區農地，大都是屋齡古老的獨棟房子，完全不見高樓層公寓。

佐久間與同居人圓佳的住處，是一棟如今已難得一見的「小屋」，位於靠出售市區農地維生的房東遼闊的庭院外。另外還有與房東共用的空間，原則上就是一個附有屋頂的停車場。佐久間當然沒有車，因此房東的SUBARU Legacy旁的空間，就成了他停放並維修兩輛自行車的地方。

他背對中央道右轉。轉彎前，左邊一輛往三鷹車站的小田急巴士駛來，佐久間決定跟在它後頭。車上幾乎沒有乘客，不知是不是心理作用，連路燈的亮度也黯淡了不少。

佐久間朝分隔島的方向緩緩騎行，同時偏過頭望向巴士前方。確認對向沒有來車後，便流暢地橫越馬路騎進狹窄的小路，來到一塊錯落著獨棟房屋、空屋與綠地的區域。有時會看到被ＬＥＤ燈光照亮的蔬菜販賣機，裡頭空無一物，只剩下手寫的價格牌與商品名稱，看起來分外感傷。

佐久間家那宛如小路前方開了道口的停車場就在前頭。他從車頭稍稍超出停車場屋頂的黑色Legacy旁滑行進去。另一輛自行車的後輪架在維修架上，罩著防雨罩停在裡頭。地上棄置著幾條沾著油汙的抹布，佐久間撿起一條最乾淨的，輕輕拭去車上的雨滴，接著又撿起同樣扔在地上的鐵鏈鎖，將車上鎖後，再罩上防雨罩。

這座停車場除了面向馬路的一頭，三面都是牆——雖然材質十分單薄——其中兩面設有陽春的簡陋大門。一扇通往房東家，另一扇通往佐久間的住處。

這裡搭建得很奇怪，停車場與房東家以及與佐久間家的距離並不一致，一切都顯得便宜行事。穿過門，通往小屋的沿路上歪七扭八地嵌著一塊塊約三十平方公分的石板。右手邊立著一道高度僅及佐久間腰部、像是從KOHNAN還是Homepic[4]買來的看似板塔婆[5]的柵欄，這就是房東家與小屋的分界線。看來高低不齊，就像是自行隨意蓋的一樣，頂端則因風吹雨打已褪了色。

若是背對停車場，右手邊是房東家，左手邊是綠地。

小屋有兩層，屋內還算寬敞，但就僅止於這項優點。畢竟坐向

4 兩者都是日本的建材大賣場。
5 日本石墓上常插著的棍狀木板。

方位奇怪，房子也很老舊，風常會從縫隙吹進屋內，冬天泡澡尤其冷得難受，教人不禁懷疑是否連小屋本身都是房東自行胡亂搭建的。但也正因如此，房租異常便宜。

房東是個坐擁市區農地的獨居老人，看起來很嚴肅，其實不難相處。

據說當初聽信不動產業者宣稱年輕人需要共享住宅，才被半哄半騙地將小屋改建成這樣。原本打算給母親住的，但母親進安養院後，這裡便閒置長達十年。

兩人住算是很寬敞，但要是真以共享住宅出租就太小了。房東雖隱約察覺到不對勁，仍在業務的話術下著手改建。不消說，蓋到一半資金就見底，最後成了這半調子的模樣，因此光從外觀上就看得出是只進行到一半的改建工程。搬進來後也沒聽說打算改善哪部分，蟲子經常從四面八方飛進屋裡。

蓋得如此亂七八糟，加上地理位置，房子自然租不出去，租金只得一點一點調降。佐久間就是這時找到了這裡。

不難相處，指的是房東打從一開始就老老實實將這段經緯告訴了他。

「我花了不少錢改建，卻還是蓋不完，那時不動產業務又勸我『考慮售後回租』，也就是要我將房子賣給不動產公司，我再支付租金。擺明想欺負我這老頭子。這和詐騙有什麼差別？」入住後不久，佐久間某天在拆卸自行車時聽老人發了這頓牢騷，不由得對他多了幾分好感。

託這位正派房東的福，屋內的情況並沒有屋外這麼糟糕。壁紙、浴室、廚房看起來都算新。儘管從結構上看，玄關還是太窄，階梯又太陡了。

「只說會晚點回來，我哪知道會多晚？下次至少告訴我幾點會回來吧。」在玄關脫車衣時，圓佳從客廳朝他喊道。

從玄關往後延伸的走道前方是階梯，左右分別是客廳與浴室。由於牆壁很薄，聲音聽得很清楚。

圓佳的一隻Converse球鞋橫倒著。才回家就被埋怨，加上眼前橫倒的Converse，佐久間心底閃過一絲不悅。

反覆換工作那段時期，曾住過另一戶共享住宅。那裡的環境雜亂不堪，至少半年以上、甚至入住後就沒用過吸塵器之類的掃除工具。

那裡找不到任何年輕人想過的生活的影子。起初室友們懷著共同的目標——即使有些幾乎不可能實現，但過了一段時間，無力感像傳染病般在這空間內散播，一個接一個，每個人變得愈來愈怠惰。

接連發生的男女或金錢問題，毋寧說就是怠惰所招致。

不想工作的情緒也瀰漫在眾人之間，佐久間不知不覺受到影響，過起了每天睡到晚上才醒，又無所事事晃到天亮的生活。接下來還為了劈腿的女孩、遲繳租金、共享空間的家務分攤與旁人起爭執，最終租客如連鎖反應般一一搬離，最後一個人也不剩。

從來沒看過一個房間髒亂的人，能夠過上體面的生活。佐久間短暫任職於不動產公司時看到的也是如此。長期欠租或搬離時起糾紛的租屋者無一例外，房間一團髒亂。維持房間整潔不見得保證生活過得體面，但佐久間唯獨可以肯定，待在髒亂空間裡的人只會變得更糟糕。而比起可能變得更糟糕的預感，牽動佐久間的毋寧是某種無以名狀的恐懼。

從隻身搬到其他居處到住進目前這個家，他唯一在意的就是維持整潔。雖然有時會不慎將寄來的文件或請款單等重要信函當作垃圾一併扔掉而頭痛不已，他還是將整理環境視為第一優先。因此圓佳打從以前就稍嫌邋遢的習慣總會惹火他。

但圓佳絲毫沒察覺佐久間的情緒，依然坐在客廳裡盯著電視。客廳裡擺放著一座小沙發、一張矮桌、一艘橡皮艇和一臺尺寸還算大的液晶電視。

用餐與家務上雖有些模糊的規定，但兩人僅視情況遵守，因此往往不是其中一人抱怨，要不就都不吭聲，看來今天是該說兩句的時候了。腦袋裡這麼想，卻還是先壓下怒氣。佐久間故意將濕漉漉的郵差包朝圓佳那頭拋了過去，接著便上樓拿換洗衣物直接走進浴室。洗澡水已經涼了，乾脆淋浴了事。回到客廳時不見圓佳的蹤影，這也莫名其妙地讓他光火。

佐久間在圓佳剛才坐的位置坐了下來。郵差包還躺在原地。打開電視，漫無目的將頻道切換了一輪。美國總統川普確診新冠、颱風路線往南偏移、新冠確診人數增減，新聞報導一成不變。

沙發上殘留的體溫令他感到一種微妙的情緒。在對圓佳感到惱火的同時，她的體溫又挑起了佐久間些許激情。

佐久間心情煩躁地喝著可樂，轉到Netflix的主頁，卻怎麼也靜不下來觀賞影片。胡亂消磨了一些時間後，還是走上圓佳所在的二樓。

圓佳果然還沒睡，俯臥在床上滑手機。佐久間什麼也沒說就跨坐到她身上，揉著她的乳房，以堅挺的陽具頂向她。「懶得做啦」、「明天還要上班吔」、「你都不買套子」，圓佳雖抱怨了幾句，還是徐徐卸下心防就範。

過程相當平淡。佐久間草草完事後，在床上短暫躺了一會，隨即又像想起了什麼似的走下樓。

「自私鬼——」

圓佳在他背後喊著。「明天上班加油嘍。」佐久間語帶挖苦地回應。

很幼稚的對話。兩人都想說什麼，卻都不說重點。彼此心裡芥蒂愈深，沉默的時間就愈長。晚回家這種事，約莫會帶來三十分鐘的沉默，最後多半是他先示好。彼此也慢慢有了只要做愛，不愉快就此勾銷的默契。若還不行，時間拖長一點就好。難道這樣她就不生氣了嗎？佐久間不曉得，這種事不親口問也不會有答案。但佐久間知道自己應該永遠不會問。

最近不論是電影還是外國影集，往往才看到一半注意力就變得渙散，沒辦法一口氣看完。人是下樓了，但也不是真的想玩遊戲，只是以半義務的心情打開ＰＳ４，玩起了生存遊戲《往日不再》。

總之佐久間無論做什麼，通常很快就膩了，從遊戲、電影、影集到漫畫，幾乎不會反覆觀賞，大致摸清楚情節就不再看了，偶爾想到時再用來打發時間就好。現在也是，他正漫不經心地將殭屍驅趕到一塊，用C４將他們打爆。記得在YouTube上看過施展這招的實況影片，當時也想試試看，但實際玩起來才發現沒那麼容易。

圓佳也下樓了，但並沒有走向佐久間，而是逕自走進廚房。

「要喝可可嗎？」

「好啊。」他將視線從電視上移開。接著聽到微波爐的低鳴聲。

圓佳捧著馬克杯在他身邊坐了下來，邊啜飲可可邊看佐久間打遊戲。

「這個好玩嗎？」

「不好玩。無聊死了。」他立刻回道。

「那就不要玩了啊。」圓佳笑著說。

佐久間也這麼想。好不容易聚集到一定的人數，途中卻很快被發現後擊斃，也可能是炸彈的位置不夠理想，再怎麼努力就是無法將殭屍一網打盡。但即使一次又一次失敗，佐久間卻沒有任何感覺。

「啊，死了。」

他按下Continue又玩了一遍，但三分鐘後就停手了。

佐久間前屈身體啜飲著涼掉的可可。圓佳則是雙手抱膝漫不經心地望著電視螢幕。

「妳身邊有人確診嗎？」

「嗯——」圓佳思索了半晌。「好像沒有。」

「川普好像確診了。」

「關我屁事。」

接著便從新聞臺轉到體育臺，螢幕變成了日本火腿與樂天比賽的畫面。

＊＊＊

一天過去。房間裡連佐久間在內有六個人。房間不算小，但塞進了六個大男人後就變得很擁擠。晚餐與清掃結束後，大夥鋪好兩列床鋪，枕頭放在靠牆的那一頭，眾人腳對著腳就寢，左右兩列床鋪間僅留一條勉強可供人通行的空隙。房間最深處是一組開口面向這條窄通道、由八只四十見方的木箱以縱兩列、橫四列排成的木櫃，右邊上下是空的，裡頭整齊擺放著換洗衣物、盥洗用品及一些雜物。所有人的上衣左胸都縫上一塊名牌，這塊以油性筆手寫姓名的嶄新長方形白布，與破布般的淺綠色工作服形成無以名狀的淒涼對比。木櫃左邊——也就是房間一角——有一座洗臉臺，另一頭的角落放著一座電視櫃及小小的液晶螢幕。

佐久間抱著胳膊躺在床鋪上，頭上是一個固定在牆面的書櫃。佐久間得在這房間裡生活三年，既出不去，也沒辦法選擇工作。起床時間、就寢時間、飲食內容全得按照規定。情緒起伏再劇烈，也要忍住。一發脾氣、鬧彆扭或耍無賴，獄警就會衝過來施以懲罰。然而，一個月、半年、一年過去，他明白了情緒幾乎和生理相連動。平時的木工活會讓腦袋和身體承受一定程度的疲勞，心理上就不容易產生憤怒與自我厭惡這類情緒。倘若還剩點力氣，反而會忍不住胡思亂想一些徒勞的念頭，於是皮膚與肌肉之間彷彿覆蓋著一道薄膜，身體變得緊繃，內心則焦慮不堪。現在的狀態處於兩者之間，一切都無法想得太深。在焦慮與悔恨湧上心頭前，自己早就沒力氣計較這麼多。

腳尖感覺到一股熱氣。除了監獄裡的規則之外，還有一些不知是舍房室友所磨合出來的、還是比自己更早關在這裡的受刑人商定後留下來的規矩。例如床鋪位置與電視的轉臺權得輪流、就寢前要穿襪子、不能踩到別人的地鋪、如廁時不僅要通知獄警也必須告知室友——自慰也一樣，但這種事不會告知獄警——超過兩人需要使用同一樣物品時，必須猜拳公平決定誰先使用云云。

佐久間稍稍抬起頭盯著腳尖，下唇因脖子撐著頭部而微微前突。在雙腳腳背之間，向井那張與監獄很不搭調的善良面孔正朝向自己。盤腿而坐的姿勢和圓滾滾的體型，活像是奈良的大佛。

「佐久間君，其實我當時不是那樣想的啦。」

這裡是如假包換的監獄。既沒有同舍室友和和氣氣地計畫如何越獄，也沒有因冤罪入獄的受刑人努力在鐵柵裡證明自己的清白。所有人都是犯了罪認命受罰，都像在外頭一樣靜靜地避免和處不來的人起波瀾。雖然不至於完全不交談，但也沒辦法滔滔不絕暢談自己的興趣或經歷。何況除了「停止作業日」，也沒多少能交談的時間。因此有時會像剛才一樣，突然間聊起了一星期前的話題。起初佐久間不明白向井在說什麼，絞盡腦汁想了十分鐘，才回憶起是前天的話題。後來他慢慢習慣了。向井直到上星期為止都睡在佐久間的左邊，每週五晚上地鋪會換位置。這回佐久間換到了通道邊，向井則是換到他對面的通道邊。比鄰而睡時他會與向井聊天——雖然都是向井兀自呶呶不休說個不停，佐久間僅簡短地回答或附和。話題都環繞在自己為什麼會進來、出去後有何打算。除了向井，他也和其他室友或長或短地聊過好幾回，了無新意，但實在沒有其他話題可聊。佐久間記得曾向誰說過，不管來這裡之前或可能出去之後也得反覆面對這種話題。然後到了熄燈時間，對話就此中斷。

「我不知道你是怎麼想的。但我是這麼想的。」佐久間躺著回話。

「不知該怎麼說，我總覺得每天一成不變，現在也是。但又覺得以前、現在或以後似乎仍會有點不一樣。」

向井自言自語般地嘀咕著。佐久間覺得脖子有點酸，不作聲就躺了回去，再次望向天花板。一直是一成不變的，他在心底答道。踩著踏板騎車回家睡覺，早上起床後再踩著踏板上工，猝然間情緒爆發，人生瞬間墜入了另一道螺旋。想要遠走高飛。過去以為「遠」指的是距離。看著父母與弟弟過著一成不變的生活，受不了的他想要遠走高飛，逃離一成不變的生活。當時自行車快遞的後輩口中的「目標」，可能就是指這個。

「只要能看出那一點點的不同，原本一成不變的每一天，就會變得有所不同了吧。我認為正是因為渴望一成不變的每一天必須有所改變，才會這麼痛苦啊。」

佐久間原本望著天花板，聽了向井的話翻了身面向通道，弓起左手枕在頭下。聽不懂向井在說什麼，乾脆別理他。這傢伙人很好，但大概也明白他為何會被逼得跨過那條線，講白了就是會惹火人。至少佐久間覺得這傢伙會讓人失去耐性。

「吵死了。」

房間內側傳來威嚇的語氣。是身材高瘦、年約四十上下的牧島。在這座大多收容犯罪情節較輕微的受刑人的監獄裡，他算是罕見的累犯。這也教人不禁好奇，要是第一次和第二次觸犯不同的罪名，犯罪傾向是否也有所不同。但這當然沒有答案。牧島已經習慣了獄中生活，他不會在舍內輕啟事端，稍有火花就會迅速打圓場或保持距離。「抱歉啊。」只聽到身後的向井以俏皮的語氣道歉。「去年期中選舉氣勢大振的共和黨或將奪回政權——」沒人交談的舍房裡空洞地響起男播報員的聲音。按規矩，有人在看電視時必須盡可能避免交談，即使非開口不可也要壓低聲音。床鋪和舍房內飄散著一股霉味。

明天是停止作業日。但大夥哪裡都不能去，想也知道一整天下來就是看電視、吃飯、將幾星期前出刊的《週刊少年Jump》重翻一遍。獄中也有娛樂時間，星期天還能看電影。這麼說來，入獄之後，佐久間終於能夠在看電影時不跳著看或只看一半，而是靜下心來將整部看完。雖然也是因為不能離開座位，加上根本無事可做。但他終於體會到專注看完一部電影本身不只是娛樂，而是鑑賞。嚼著自己掏腰包買的零嘴時也一樣，同樣吃著明治巧克力餅乾「竹筍村」，心不在焉地丟進嘴裡，與一粒一粒細細品味舌頭的觸感、巧克力糖衣融化的甜味，是截然不同的兩件事。他不禁思索這就是「改變」嗎？

沒有色彩的日子一星期又一星期過去。眼前流動著同樣的面孔，在木工工場漠然地作業，然後輪流進浴池洗澡。這一切並沒有讓他覺得正在接受懲罰，反而因為一切都不必獨力決定而感到輕鬆。他漸漸覺得，找到「目標」和這樣的輕鬆感之間似乎具有某種共通之處。

即使對周遭再冷漠，佐久間也察覺到向井常被傳喚去面談。被傳喚的次數愈多，他的話明顯變得愈少。敏感一點的室友可能早就發現了。

安定的日子沒能持續太久。後來佐久間因為某件事與室友起了爭執而受到懲罰。

身穿淺綠色工作服的佐久間在榻榻米上盤腿而坐，雙手掌心朝上攤在胯下。眼前是一道冰冷厚重的鐵門，中央上方有一扇信箱般大小的窗戶，窗外裝設著鐵絲網。

舍房空間正好四疊大小，後方也有一扇裝上鐵柵欄的小窗。電視、時鐘、書籍、電腦、自行車等能讓人分散注意力的物品，裡頭一樣也沒有，而且從室內打不開門。角落突兀地設置一座便盆，旁邊立著一座高度達腰際的屏風。這是一間獨居房。

他挺直腰桿，凝視著眼前深鎖的鐵門。已經記不得今天是幾月幾日、被關進來幾天，只能從將後背曬得刺癢的一絲陽光判斷應該已近日落時分。

你看，還不是一成不變。他在心中對房外的向井說著。

但佐久間並不甘心承認自己完全沒有改變。記得向井說過，只要能看出那一點點的不同，就真的會變得有所不同。但即使睜大眼睛仔細觀察，他也看不出自己哪裡改變了。人的內心和外在環境，哪裡能那麼容易改變。

抱怨無能為力實在不符合佐久間的個性，搖尾乞憐或鬧彆扭又太沒出息。一定走得出去。雖然目前受法律制裁，不可能馬上住進高層公寓裡過好日子，但一定走得出去，出去之後絕對能找出別的生存之道，他如此勉勵自己。

但與其說是下定決心，毋寧更接近祈求。

與自己對話意外地消耗心力。但不這麼消耗，就承受不了在這空間裡的獨處。就像從前在街道上騎車奔馳一樣。想著想著，他彷彿像一塊黏土般被不斷搓揉成不同的形狀。

遺憾的是，佐久間還要像這樣自省、祈求、繼續搓揉自我好一陣子。

犯罪受懲罰進了監獄，在獄中又遭受更多的懲罰，佐久間先懊惱著自己沒出息，隨即又懷疑是否精神失常。懲罰結束前不能說話。至少在這十幾天內，佐久間沒有和任何人說上一句話。唯有在如廁時，得按下門邊的話機呼叫獄警：「請批准如廁」。十幾天下來，佐久間的聲帶是只為「請批准如廁」而存在的器官。

精神要失常了，他深深感覺到。從某一個時點起，他似乎和自己分離了，成了客觀俯瞰這一切的存在。所謂「精神失常」與其說是一種感覺，不如說是分離的自己在一旁觀看「佐久間」這個人所做出的判斷。他當然知道其實並非如此。久坐造成的臀部與尾骨疼痛、背上的刺癢、倦怠、飢餓和無聊，全都能真切感受到，這些感受趕也趕不跑。但比起現實中的痛苦，內心明知得無止境過著這種日子要比什麼都來得難受。

但在被關進這裡之前，痛苦就存在了。當時還可以靠打遊戲或聊些沒營養的話題轉移注意力。

在這四疊的空間裡就沒辦法。

只能不去正視自己當下的處境，努力熬過這段流動得極為緩慢的時間。

佐久間曾經在家裡打一整天遊戲，將非解決不可、卻怎麼也解決不了的問題擱在一旁，安逸於眼前的生活。話雖如此，也並不是傾全力投入生活，他從不曾鍛鍊身體提升騎乘實力，或是下功夫記熟更多道路。對此他毫無足可辯駁的藉口。

儘管，他還是盡了最大的努力。

想要遠走高飛。想要改變。只因苦無門路，就只能四處奔波。

如今回想起來，都不過是枝微末節的事

到頭來，不穩定的因素雖一點一滴浸蝕著人生，卻遠遠不及唯一一次的爆發。而那正是自己一再調降的門檻。

「你沒有保證人吧？」

別再回想了、不能想太多，每天反覆命令自己，內心卻全然不當一回事。遺憾的是，從早到晚只能呆坐原地，整天下來瞅著鐵門瞧，回想和胡思亂想的時間多的是。

問他有沒有「保證人」的是室友伊地知。

當時兩人正在六人共用的洗臉臺前刷牙。伊地知站在佐久間身後，距離近到腦袋幾乎要搭到他的肩上，靜靜望著鏡子裡的佐久間。

佐久間不作聲，依舊望著鏡子裡的自己刷牙。受刑人全剃成光頭，每天吃著分量不多的飯菜，體型也愈來愈接近。獄中嚴禁健身，若獄警發現了會給予警告，警告幾次後不聽，就得受懲罰。

朝佐久間打開話匣子的伊地知也是如此。進來約一年後，佐久間覺得他和自己愈來愈像了。或許是自己和他愈來愈像也說不定。

這種相似性似乎益發突顯每個人的性格。如今舍房裡所有人都知道伊地知是個暴躁又凶狠的傢伙，也盡量避免和他起衝突。而只要不去搭理，他也就安安靜靜的，除了那雙散發著異樣光芒的眼睛。佐久間覺得那完全透露出伊地知的性格。

「向井的面談結束了，好像差不多要出去了。」

但不知何故，伊地知就是個讓人無法刻意無視他的傢伙。眼下伊地知說的就是向井即將被假釋的事。

少來煩我。那又如何？關我屁事。佐久間在心裡罵道。

「刑期還剩六分之一就能出去。他幹的可是和我們同樣的事啊。看了真是不爽。」

佐久間既沒看他一眼，也沒回話。鏡子裡伊地知的目光和往常一樣銳利。

佐久間盥洗完畢，肩膀稍稍撞了伊地知一下後離開，一副想開打隨時奉陪的架勢。其他四人從遠方似有若無地看著兩人互動。爭執會影響所有人，為了避免惹上麻煩，四人不自覺與他倆保持距離。佐久間感覺到熾烈的目光射向後頸，最後伊地知只嘖一聲，往前一步站到佐久間盥洗時的位置，默默刷起了牙。佐久間走到最接近通道的床鋪躺了下來，雙手枕著頭凝視天花板。一旁傳來綜藝節目的喧鬧聲。

一成不變。什麼是一成不變？我一直很努力生活，現在也是。米黃色的天花板上四處泛著髒汙。遭囚禁之前的人生在腦海裡閃現。每當回憶過去時，佐久間都忍不住驚訝於記憶居然變得如此模糊。

「我月經沒來。」

記得圓佳突然迸出這句話的日子是個星期天。在距離三鷹車站南口不遠的一家羅多倫咖啡裡。

「嗄？」

佐久間完全無法理解這句話的意思，像個傻瓜般「嗄」了一聲。

「哦，就是我可能懷孕了。」

只見坐在小方形餐桌另一頭的圓佳將身子靠向椅背，滑著手機滿不在乎地說道。

圓佳的個頭就像小孩，身高可能還不到一百五十公分。一頭染成咖啡色的細長髮，根部已經長出了黑髮。五官輪廓像竹葉魚糕一樣平淡，鎖骨上有顆拇指一般大的痣。

兩人陷入沉默。這下真的得穩定下來了，佐久間心想。

夜勤每隔十分鐘會來巡房，卻不時像突然想起佐久間似的瞥向他一眼。

回憶過去時，往往會發現值得想起的事少得令人絕望。在這四疊大的房間裡，要將注意力轉移到自身以外的事物簡直難如登天。儘管打從出生以來一路活到今天，度過了漫長的年歲，但能清晰印在腦海中的事卻少得驚人。即便努力回想，一切彷彿又一溜煙地從指間滑落。勉強拼湊起一點，又不知到底是記憶還是想像。

「真的得好好穩定下來了。」

這話與其是對圓佳說，毋寧是自言自語。

「什麼意思？」

「唔，我也不知道該怎麼說，就是要做些健康檢查、買點保險吧。總之得讓日子過得更穩定。」

「你在說什麼啊。」圓佳笑了。

但佐久間沒有笑。因為他非常認真、幾近真心地這麼想。對佐久間而言，能熟練地說出保險或扶養這些光是看到、發音或字義就彷彿在空中分解般的字眼，就代表長大了、也穩定下來了。學會不只圖眼前，也為二、三十年後盤算，就算是穩定吧。要賺到高於水準的收入並不難，但若出了事或不慎走偏，要回歸正軌就非常困難。雖不清楚過去出了車禍的同事後來的發展，但一想到若出事的是自己，就緊張到喘不過氣。他肯定無法重新振作起來，就連回到目前的狀態都做不到。這讓佐久間心底天天瀰漫著恐懼和焦慮，彷彿懷裡時刻揣著一顆不定時炸彈，抑或走在地雷區一樣心驚。雖然心裡明白即使反覆為自己打氣也逃不開這種情緒，卻也不曉得該怎麼對抗。只好渾渾噩噩地無視於愈積愈深的焦慮，逃避似的全心投入工作。這或許多少能轉移注意力，但遲早還是得面對不中用的自己。

話題雖然沉重，但佐久間認為圓佳和自己都默默下定了決心。圓佳一邊找醫院、計算今後可能的開銷的同時，也四處找工作。

圓佳高中畢業後便進入一家需要住宿舍的金屬加工廠上班，後來又如她所說「不知為何」辭了職。之後一度和佐久間一樣頻繁換工作，最終還是慢慢穩定了下來。

佐久間知道沒辦法像圓佳這麼堅強。圓佳原本同時兼差居酒屋的服務生及披薩外送員，後來因故前者被大幅砍班。

「看來沒有證照不行——」她決定以幼教老師為目標，但只有高中學歷不夠，便打算先當助教累積經驗，一段時間後再報考。然後，她靠著年資和經驗彌補了學歷，很快被幼兒園錄取，一被錄取就果斷辭掉了原本的兼職。

雖然圓佳沒說出口，但從態度就能明顯看出她「不管花多少時間都要考到證照」的決心。

換作自己，看到非得累積幾年實務經驗才能考到證照的工作，肯定頭一個從選項中剔除。

兩人談過之後，佐久間又故態復萌，甚至拒絕面對現實。他聲稱在找工作，其實只是隨興瀏覽社群和求職網站罷了。圓佳懷孕為兩人的生活帶來哪些變化，佐久間完全無感，圓佳既沒有孕吐，肚子也沒有變多大，有時他反而覺得日子似乎過得更乏味了。

有的父母只餵小孩吃米和冰塊，有些學童表現出過於強烈的好惡，有的家長絕對不向幼教老師打招呼，佐久間一回到家，圓佳就細數職場上的見聞。這時佐久間會說「要告訴他們不能讓小孩吃冰塊啊」、「老師先大聲向家長打招呼不就好了」，但圓佳這番話並不是為了尋求佐久間的意見，只好附和著「哦，也是啦」，馬上轉移話題。

好一段時間之後，他才察覺到內心的焦慮與現實處境如點火引燃般傳遍全身，但那每一瞬間的躁動只讓他覺得「好像和平時不太一樣」。直到心情變得愈來愈浮躁，佐久間驀然想起疫情嚴峻時，他之所以頻繁出入就業服務處，正是出於同樣的坐立不安。當時新冠疫情重擊許多產業，就業服務處大排長龍。他去過好幾次，但都因為人潮而打消念頭回家。

一天，他終於下定決心，填完令人兩眼昏花的文件排進隊伍，並且熬到與職員面談。隔著壓克力板，他將求職條件陳述了一遍，卻只聽到那名中年女職員邊以兩根手指揉搓著額頭，一臉同情地說：「您開出的條件可能有點……」

這門檻對自己而言實在太高了。通過了這麼多考驗，卻還是只能當不知轉包了幾次的外包工程的工人時，實在令人惱火，無奈又坐不了辦公桌。雖然不服氣，佐久間的第一次嘗試就這麼敗下陣來。

才去了幾次，他就發現來這種地方求職，和上人力銀行網站找工作幾乎沒有多大差異。

總而言之，薪水不少於自行車快遞，又有像樣的福利制度的公司根本就不存在。所有職缺都是有一好沒兩好，難以兩全其美，畢竟年紀太大了，更糟的是缺乏一技之長。

這麼一來，也沒辦法乾脆地辭掉待遇還算優渥的快遞員工作。一天，佐久間突然想起似的向瀧本問道：「對了，這裡會發扶養津貼嗎？」當時已是下班時間，兩人在一如往常嘈雜的待命室裡。近藤已經轉換跑道離職，高橋也逐漸淡出，原本常聚在一起的只剩下瀧本、橫田與佐久間三人。

「這個嘛——不至於沒有，但我家也一樣，要是太太不工作，我可要債臺高築啦。」

瀧本露出了自嘲般的笑容，又補上一句：「基本上在這家公司，沒有人會因為有正職就夠生活啦。」

佐久間感到自己與瀧本在資訊量上有著難以彌補的差距。與其說是感覺，不如說明確地意識到這種差距。成年人若需負擔社會保險費、醫藥費及固定開支，就必須有多少收入；有了配偶之後可能多出的負擔；光靠扶養津貼和收入可不夠，所以妻子也得上班這種事，瀧本光靠一句「沒有人會因為有正職就夠生活啦」就能解釋。佐久間並不清楚瀧本的家務事，但至少聽得出話裡的無奈。腦海裡同時盤算起圓佳產後不知多久能回去上班，但這段期間先在營業所當正職，也兼差送貨，或許就沒問題了。

在瀧本問「打算結婚了嗎？」的同時，佐久間也脫口問道：「那個正職的缺還在嗎？」

兩人不約而同閉上了嘴。過了半晌，佐久間才吐出「是啊」兩個字。

「這——」瀧本一時間露出略顯慌張的神情，吞吞吐吐了起來。連遲鈍的橫田也看出氣氛不對勁，乾脆坦承：

「哦，其實那位子我接了。」

「原來如此。」佐久間回道。

他並沒有覺得挫折。只是想到若那職缺還在，不妨納入未來的規畫。

「有需要的話，我再幫你問問看其他營業所有沒有缺？」

「不必專程打聽沒關係。只是好奇那個缺怎麼了而已。」佐久間婉拒了瀧本的提議。

他心下明白工作這種事看似人挑事，其實是事挑人。做得來的職務馬上就想上工，即使初期不順遂還是能試著做下去。就算知道遲早有一天會幹不下去，也不清楚這天何時會到來，便彷彿能永遠過著這樣的日子。

「明年四月開始。薪水不高，但總覺得還是該安定下來比較好。」橫田自言自語說著。

「靠想做的事餬口看似不錯，但可不簡單。近藤也說他那裡還沒上軌道哩。」

佐久間一臉不悅地聽著。不只是瀧本，他非常討厭私下說人閒話，或要是當事人在場就改說別人的閒話。

「你知道新創的五年存活率是多少嗎？」

高橋離開後，換成瀧本講起了大道理。並不是因為他說的不對，但這種即使在男性職場仍相當常見的嚼舌根行徑，往往令佐久間嫌惡欲嘔。

橫田這傻子還睜大了眼睛全神貫注聽著。

「開店這種事，不是隨便這裡先開一家、那裡再開一家，或是覺得開了不行再換個地方。要是開店前不先做好地區市調，根本活不下去。」

有道理，橫田竟然傻到搭腔。瀧本當時看似打從心底祝福近藤離開創業，還對他說接下來也要加油喔。可人才離開沒多久，就露出這副嘴臉。

每當這種時刻，佐久間就覺得離想去的地方更遠了。盛氣凌人地欺負物流人員的企業大樓保全、將便利超商店員罵得狗血淋頭的上班族、將自行車外送員貶得一文不值的自行車快遞員，而一挨上頭罵時就馬上換了張臉的速度快得令人驚嘆，惡毒不堪的辱罵轉為阿諛奉承，氣燄囂張的態度變成俯首道歉，教人完全認不出是同一個人。內心一部分的自己渴望拋開負面情緒，學會像四面佛般快速轉換表情，但就是怎麼也沒辦法成為這樣的傢伙。他不清楚這算是優點還是缺點，唯獨明白不想淪為這種人的自己在職場上的人際關係完全吃不開。現在也是如此，他並不是故意的。

不經意間，佐久間以輕蔑的口吻吐出一句：「別這麼說人家吧。太難看了。」

起初，瀧本似乎沒聽懂，面無表情地轉向佐久間。待他意識到時，左臉顴骨微微一顫，接著擠出了難堪的微笑。

為說錯話後悔的當然不是瀧本，而是佐久間。以為能忍下來，這下又因為無來由的原則破壞了人際關係。橫田則在一旁像爭搶飼料的鯉魚般微張著嘴，嘴角冒著口沫。

因為這件事，從下個月起佐久間排到的班「莫名其妙」地減少了。瀧本是這麼解釋的：「我想讓新人多記點路。抱歉啦。」

若能像平時那樣忍住就好了。但平時是什麼時候？自己有哪一次忍住了？

回想起來不覺愕然。在自衛隊時與學長互毆，還將試圖勸阻的小隊長與中隊長咒罵一頓後才退役。在不動產仲介公司與沒出息的社長兒子起了口角，同樣沒理會小個子社長的好心慰留，收拾完私人物品就頭也不回走人。在搬家公司或便利超商都是，至今做過的工作裡，他沒有一次忍得住。

比起圓佳口中的開銷、今後的計畫、社會的眼光，自己失控的言行所造成的後果更讓他難受。要是能忍下來，他與圓佳，以及即將出生的孩子應該還是能好好地過日子。

每週四天的班變成了三天，三天變成了兩天，兩天變成了不定期，逼得他只能加入Uber Eats在住處附近跑外送。在市中心送快遞時，營業所裡的人老說「外送員不是快遞員」。佐久間不會像他們熱中於嘲諷，但他無意識中也會比較：騎著淑女車或在戶外日曬雨淋而鏽跡斑斑的公路車的人不做快遞，而在送外賣的行業中卻有這樣的人。這樣的比較很容易就轉變成了孰優孰劣的評斷。

實際做了就發現其實也沒什麼大不了，工作內容和快遞員差不多，只是送的東西從合約變成義式培根蛋黃麵而已。

或許，判斷優劣的基準並不是內容，而是外觀。不是送廣告打樣或人事資料這種行為本身，而是腳下騎乘的是使用cinelli、ORBEA、BASSO等要價數十萬日圓的進口車架，以及配備高端零組件的高級自行車，因此比騎淑女車的外送員更優秀，純粹是靠金額與行頭比較出來的結論。態度囂張的保全或將人罵得狗血淋頭的上班族，內心深處鐵定也存在著足以建構出一道簡單不等式的複雜理論或證明。多少是被關了禁閉的成果吧，他已經能像這樣以言語解釋往昔所感受到的不適感。

佐久間當時的體悟並不像現在這麼深刻，僅僅是一些表面的感受，但無論如何，他察覺到自行車快遞員和餐飲外送員其實並無不同。

佐久間改行做外送時，戶頭裡還有點積蓄，日子暫時過得去。

剛穿上這身單薄的囚衣時，他打從心底認定已經玩完了，一天不知幾次在心裡暗暗詛咒讓自己淪落到這地步的那一天。但隨著和囚衣同樣單薄的日子一天天過去，當時的悔恨也變得愈來愈淡泊，讓自己淪落到這地步的那一天，也和往後每一天似乎沒什麼不同。

當天佐久間並沒有排班。外送員和快遞員一樣，都不是需要聽從單一窗口發號施令幹的活，換句話說就是可以隨時偷懶。Uber Eats的帳號開通後，只要換上制服、開啟App、選擇地區就能開工。但這天，佐久間還是握著PS4的控制器在家打遊戲。

正在洗衣服的圓佳肚子已經很大了。

「你認真一點好不好？」

圓佳唐突地開口。佐久間正窩在充斥著槍聲與殭屍呻吟聲的客廳裡，兩人像要延續剛才沒吵完的架似的。一時搞不清楚狀況的佐久間不服氣地回嗆：「妳凶什麼凶？」

「只是不想看到你這樣混日子。」

佐久間當然並不認為自己已經很認真了，一切都只是時運不濟；他很清楚自己做得還不夠，卻又心存僥倖情況遲早會好轉。他無法澈底否定自己，這才無法接受圓佳的批評。他氣得將手上的遙控器朝牆上一砸。

「你看，你又來了。鬧什麼啦？」圓佳兩手撐著水槽瞪著他。

「雖然換了工作，可是我現在賺的比以前少嗎？」

「不對、不對、不對，我在意的不是這個。」

圓佳一邊嘴角上揚，眼神沒變，目光裡透出強烈的輕蔑。

「妳叫我去那個根本沒屁用的就業服務處我也去了，還說我不努力？」

「都說了不是在意這些。只是覺得你應該認真打算，想想我們未來該怎麼一起過日子。」

佐久間不懂圓佳到底想說什麼。這時門鈴響起，對峙暫時結束。

但佐久間和圓佳都沒有反應，直到門鈴再度響起。圓佳依然站在原地，佐久間只好嘖了一聲，從沙發上站起來。

「這裡是佐久間亮介的住家嗎？」

一開門就看到兩名穿西裝的男子，一個約莫中年，另一個年紀看起來和自己差不多。兩人表示是稅務署派來的調查官。

佐久間的手還握在門把上，背靠著牆。中年人就站在他面前，年輕人則站在距離一步的後方。

我們寄出好幾封信函、也多次打了電話……兩人開門見山告知來意。

「不論從事何種型態的工作都得繳稅，即使換工作、搬家，我們都會將繳稅通知寄到你的工作地點。然而，你既不收稅務署寄出的通知、連電話也拒接，所以我們擔心是否為情節重大的蓄意逃稅……」

只聽中年男子如誦經般滔滔不絕陳述著。不對，情節重大這個字眼好像是在法庭上受審時聽見的。如今佐久間已經無法區分何為正確的記憶，畢竟只是記憶。

接著，男子解釋各種行政規則及今後的補繳流程。佐久間起初的幾秒內還聽得懂，沒多久便索性放棄。

最後，他聽到須補繳的金額居然和目前的積蓄差不多，心想這種事何不一開始就說清楚：「佐久間，你得在幾月幾號前繳清這筆金額，否則就得受罰。」還有比這麼說更簡單明瞭的方式？好像當人傻瓜似的囉哩囉嗦一大堆？和圓佳的口角還沒結束，這下佐久間不由得更焦躁了。

「是誰啊？」

圓佳拖著沉重的身軀從客廳來到玄關。

是我看錯了嗎？站在中年男人身後的年輕男子似乎垂著頭抿嘴，

露出一抹輕蔑的微笑。

是我看錯了嗎？在那瞬間他不禁自問，很快就有了答案：對，絕對是我看錯了。就算他真的笑了，也不知是為何而笑，是在嘲笑我？看到圓佳覺得好笑？還是忽然想起最近有趣的遭遇？這種事就算想問也問不出口。但說不定，就是看到我和圓佳的處境而笑。

疑問如洪流般湧現的速度可能不出一秒，而隨之爆炸的衝動所需的時間也差不多，要按捺下這股衝動，需要以同樣、甚至更快的速度控制住自我的意識。但是他辦不到。情緒一旦爆發，就再也控制不住。況且他根本無從預料情緒會在何時何地爆發。

回過神來時，他發現中年男人已經倒在地上，雙手摀住鼻子大聲喊叫，指間不斷滲出鮮血。從佐久間的額頭流淌下來的紅色液體，自己的血與男人的血混在了一起。但不知怎的，肌膚接觸到血時，似乎能分辨出是別人的血、還是自己的血。

雖說是出於衝動，但目的很明確：他想痛扁年輕男人一頓。但中年男人擋在門前，因此得先排除動線上的障礙不可。

佐久間光著腳走出玄關，中年男人依然在地上扭動哀嚎。

「你想做什麼？」年輕男人驚恐高喊。此時他已收起臉上的笑意，瞪著佐久間的目光中明顯充滿斥責之情，這又再次激怒了佐久間。

年輕男人看出佐久間渾身散發的怒氣，便大喊：「救命啊！」在市區農地裡耕作的老人紛紛直起腰望過來，同時也看向佐久間。但每個人看起來如此漠然，看歸看，沒人朝這裡走來。所有人都漠不關心。

住手！下場可是很嚴重的！自我像是此刻才終於甦醒。

不巧的是，兩名警察騎著自行車從巴士車道騎進這處住宅區。

年輕男人見狀，飛快跑向他們求助。

佐久間停下腳步，仍像中了邪般怒火沖天。我要殺了他，沒有理由，他的整副身軀彷彿只受到這個目的所驅策。

警察下了自行車，邊喊著「怎麼了」、「喂」邊朝他走來。佐久間也朝他們走去，雙方距離逐漸縮短。這下兩人扯開嗓門，「別動」、「站住」的吶喊響徹整片住宅區。兩人停下腳步時，年輕男人早已躲到了更遠的地方，隔著警察的肩膀一臉惶恐地朝這頭窺探，那神情看了更教人怒不可遏。佐久間飛奔上前，將一名警察撞得仰面跌倒，帽子掉到了地上。另一名警察試圖從背後架住他的胳膊，封鎖他的行動。完了，佐久間心想，但並不是因為即將被逮捕，而是對於本身雖然意識很清醒，腦海中卻像罩上一層濃霧般失去了判斷能力。那是他聽不見自我所下達的警告的恐懼。

雙臂雖被緊緊架住，佐久間放鬆全身朝地上一蹲，在架住他的警察身子隨之前傾的同時使勁彈跳，後腦勺朝警察的下顎重重一撞。當對方鬆開雙手的同時，佐久間聽到了猶如雞蛋破裂般的聲響。

這時被撞倒在地的警察已經起身，怒氣沖沖地朝他走來。原本想擊倒男人，這下倒在地上的卻是自己。他面朝下俯臥，臉頰緊貼著冰冷的柏油路面，方才揍人而揮出的右腕被牢牢固定在背後。他試圖掙扎，但男人全副身軀壓在背上，甚至跨坐了上來。他努力轉過頭。只見警察一面將佐久間的右腕往上擰，一面以右膝頂住他的腰部上方。壓制他的同時，警察以左手操作無線電呼叫支援。

佐久間將還能活動的左腕伸向背後。警察怒斥「別亂動」，撥開了他的左腕，卻無法遏抑他一片空白的腦海裡不住湧上的怒火。他一把擱住了警察的下腹部。

「喂！放手！別亂動！」

聽到背上的警察這麼呼喊，他摑得更用力了。彷彿調大了音量開關，警察喊得更大聲，也將他的右腕擰得更緊。

要忍耐疼痛，不能裝作它不存在，而是要直面它。愈是專注地體會它，就愈能分解痛覺，愈能客觀地正視它。一直以來，他都是這樣承受著疼痛。倘若試圖遠離疼痛，無論逃多遠，劇烈的痛楚都會追上來。但只要持續正視它，就能將痛覺分解成熱、麻痺、沉重等成分。如此一來痛歸痛，卻承受得了。

佐久間緊緊摑住不放，並且持續加重力道，他清楚感覺到大拇指足足掐進了肉裡。這是一場耐痛的競賽，警察感受到的疼痛愈強烈，佐久間的右腕也被擰得越緊。他打死也不想放手，他覺得像是正掐著裡頭塞滿石子的桃子或香蕉。掐爆它！手裡確切地感覺到警察襯衫下肌膚的觸感與體溫。

警察深深哀號了一聲從佐久間身上彈開的同時，他的右腕也脫臼了。

佐久間緩緩站起身來，俯視著無力下垂的右腕。

隨後四輛警車急駛而來，將他以現行犯逮捕。救護車似乎也來了兩、三輛。

伊地知口中「和我們同樣的事」，就是指這種事？傷害、暴力、妨害公務，加上欠稅。稅務署的調查官鼻骨粉碎，壓制佐久間的警察下腹出血，另一人下顎粉碎性骨折。這和他倆幹的算同樣的事嗎？

他在法庭上被告知：犯行雖出於一時衝動，但對調查官及兩名警員施暴實屬過當且頑劣，雖無法證明轉行、搬家是出於逃稅意圖，但明顯拒絕履行該義務，並以暴力抵抗，雖是初犯仍不得輕放云云。

為什麼不能說得更簡單明瞭一點？

伊地知是因闖空門行竊，被那戶人家的婦人撞見後，對其施暴行搶而遭到逮捕。向井則是因搶劫便利超商被捕。

被送進來的人，最初都認為自己不該入獄，因此不太情願坦承所犯下的罪行。但被大家知道不過是時間問題。更生輔導是以犯罪的類型進行分班，因此過一段時間，大致上就能猜出彼此犯了什麼樣的罪。但類型的畫分粗略，同樣是強盜罪，其中也有色情犯——也就是起初只偷內衣，最後犯行升級到強姦的人渣。因此在參加輔導的過程中，基於同屬強盜罪卻完全不想與這些傢伙混為一談的心態，最終仍免不了將幹過的勾當全盤托出。總之，大多數人得在同一間舍房裡過上幾年日子，遲早會知道。他們倆就是如此，自己也一樣。

簡單來說，向井是個淳樸且和善的人。他曾提到大學畢業後在故鄉的一家小型印刷廠上班，生病離職後只能以非正式員工的身分不斷換工作，由於還要撫養妻小，犯案前過得相當淒慘，甚至自殺未遂。即使不能全盤盡信，但從向井的為人看來似乎並不意外。

他將自己的輕型汽車停放在便利超商的停車場裡，車內有自殺用的煤炭、烤肉爐、繩索及菜刀，為究竟該尋死還是搶劫煩惱了一整晚，直到接近中午才付諸行動。意識清醒時，他正握著菜刀站在便利超商門口。聽到店員的尖叫回過神來時已經太遲，更糟的是店裡剛好有個來買午餐的警察。向井趕緊逃回車上，發動引擎倒車，不料那警察已撲上來抓著他的車門。

「審判時，這部分引起不小的爭議，庭上質疑我是否真的沒留意到警察抓著駕駛座的車門。但腦袋一片空白時，看得到也形同看不見吧。」

向井拖著警察倒車進入車道，卻遭一輛卡車攔腰撞上，車輛嚴重損毀，向井受重傷，警察也被整個人撞飛，幸好沒有任何人死亡。

「當時根本搞不清楚狀況。即使是現在，我也完全想不起來那天到底發生了什麼。」

向井的故事說到這裡就戛然而止。眼前這位比自己早三年進來的同房室友，看來是承認了當年加害他人的意圖吧？佐久間心想。他無法了解、也不打算了解想搶劫又想自殺的傢伙是什麼樣的心境，但倒是能夠理解腦袋一片空白的說法。

畢竟自己既不是法官，也不是檢察官，更不想糾結於向井這番話裡的矛盾或前因後果。向井說歸說，但或許他一度對店員和警察動了殺意。到頭來，說不定反倒是伊地知這種粗野傢伙的可信度與一貫性還比較高。那傢伙在老家是小混混，多年來犯下不少小罪，都因運氣好沒被抓到，直到這次才因強盜被捕入獄，這故事和他本人的言行不存在任何矛盾。

佐久間躺上又薄又硬的床鋪，想起了伊地知與向井，接著思緒回到自己身上。伊地知或許做得到，但向井絕不是個會出於一時衝動而毆打稅務署人員或警察的人。儘管內心覺得至少得相信他的說詞，但怎麼想都不認為一個提心吊膽闖入便利超商的傢伙，會幹出與自己和伊地知同樣的事。因此不管怎麼看，向井的假釋面談都是合乎常情，少了保證人的自己與伊地知只能摸摸鼻子認命。沒什麼好嫉妒的。

說到底，最初「完了」的感慨不過是甜美的感傷，根本沒有什麼就此結束。從拘留所、法庭到監獄，經歷了大大小小的繁複手續，但比起外頭、拘留所與法庭，監獄裡的一切單純多了。一天的工作表一目瞭然，依序做完後，接近目標——假釋——就更近一步。步調愈快，評鑑成績愈好，就愈接近目標。少了保證人的他雖不能與向井相提並論，但持續累積良好表現，還是能帶來成就感。儘管有時會因入獄時一樣的原因回到起點，但在外頭行不通的戰鬥方式，在這裡卻有效。

「好想趕快進監獄啊。」

拘留所裡常有人這麼說。包括自己在內，初次入獄的犯人對於等在前方的未來末路都是滿心畏懼。

如今回想起來，過去在電視、網路、漫畫中看到的末路，不外乎就是淪為街友或遭到逮捕這類悲慘結局，自己也持有這樣的觀點，也就是說，那些人在淪為街友或遭到逮捕後，他們的故事就結束了。

因此，儘管被捕的當下佐久間心想「這下真的完了」，但隨著日子一天天過去，他澈底體悟到根本沒有什麼就此結束。日復一日冰冷無味且分量不足的伙食、排泄、出庭受審——機械性的瑣碎程序才是最麻煩的。

記得也是在這裡處理和房東之間的文件手續。包括租約事宜、還留在家裡的物品的處置方式等等。第一份文件是冷冰冰的依法陳述，第二份文件卻能從字裡行間感受到老人的善意。

例如這麼一段：「由於其同居人生產在即，考量到地段及今後覓得下一租客的可能性，計畫今後房租僅收取原本租金折半之金額。當然，考量到目前情況，可容許其同居人暫緩繳納。」佐久間讀了足足超過十遍，才看懂了指的是房租減半，並且能延後付房租。於是他回覆房東：圓佳暫時無法工作，因此即使賣不了多少錢，還是請幫忙將私人物品出售供她補貼生活。在最後一封信，房東以一句顯然出自慈祥長輩的口吻——從他平時的態度和外表實在難以想像——作結：

「請兩位務必攜手度過難關。」

總之，包括文件往返、外頭財產的清算，以及與相關單位的手續，簡直多到處理不完。

「完了」的絕望感似乎是進來的人共通的土壤。向公家機關騙取長期補助金[6]的學生或上班族百分之百都懷著這種心情。和他們相比，要說佐久間感到絕望，不如說是感嘆自己總是屈服於不定時爆發的自暴自棄，但內心深處仍懷揣著「完了，這裡就是人生的終點」的悲觀情緒。直到著手於新手續或是在辦理既有手續的過程中，才赫然發現這裡根本不是終點。尤其當看著那些已全然融入的獄友——大多不是累犯就是黑道分子——便意識到原來如此，這裡果然不是最糟糕的終點。在某些人眼底，似乎更近乎讀在職專班或被派駐海外這樣的人生階段罷了。

6 原文作「持続化給付金」，為二〇二〇年起日本政府發放的疫情紓困金。

還算快速適應了環境的佐久間，曾向獄友蒐集資訊。有錢或有保證人的能被保釋，沒有的連保釋制度的資訊都得不到。不消說，佐久間就屬於後者。

「你幹了什麼？」

或許聽來令人莞爾，但監獄其實也像飯店一樣分等級，受刑人會依罪刑的嚴重程度分級。以佐久間的雜居房來說，獄友的素質基本上相對平均。但龍蛇雜處的拘留所就不同了。

直說「好想趕快進監獄」，一眼就看出是黑道的同舍室友向佐久間搭話：

「是傷害罪吧？」

「和朋友打架？」

「不是。是稅務署的調查官和警察。」佐久間淡然答道。室友聞言大笑不止，笑了好一陣子才抹去淚水說道：「想不到現在還有人會幹這種蠢事啊。」接著便將流程大致告訴了他。

最近除了黑道或腦袋有問題的傢伙以外，被關進來的大多是電信詐騙犯。詐騙案往往一調查起來就得展開更廣泛的搜查，因此從檢察署送回警方——也就是逆送——的案例並不少。相反的，像佐久間這種相對單純的——這名室友形容為「清新的」——犯罪很快就能做出判決。同舍中，兩名看似比佐久間還年輕的學生，雖然比佐久間更早被逮捕官關押，卻在判決下來並決定移送後仍被看押，而且兩人已經進出拘留所好幾次了。

正如這名同舍室友所言，監獄的確比拘留所好得多。頭一、兩個月，佐久間還覺得完全喘不過氣，暗忖那黑道分子要說謊也不打草稿，但隨著日子一天天過去，終於明白了他話裡的含義。總之牆壁至少夠厚，床鋪的品質比拘留所更好，對私人物品也比較通融。

因此既然都得入獄，與其犯些耍小聰明的罪，或許單純一點的罪還更好。話雖如此，囚禁的日子還是讓佐久間下定決心絕不能再進來。儘管沒什麼自信，畢竟無法確保原以為按捺得住的情緒，又會因為遭到何種刺激而爆發，動口、動手，甚至兩者都來。這股恐懼揮之不去。為了驅趕恐懼，只能將體能發揮到極限、偷懶度日、打遊戲、看Netflix或上網大量瀏覽資訊，要不就索性為這股衝動所吞噬。

獄裡的日子有時快、有時慢。他在反覆回憶時驀然想到，其間緩急的差異並非入獄後才感受到，以前也經歷過連續幾個月只往返於職場與住家的日子，距離雖不像舍房與工場這麼近，但如今看來不也和在獄中差不多？獄裡除了居住的舍房，也有醫務室、工場、其他舍房、監視塔、供獄警使用的設施、會客室等等，但若不是獄警，就不會知道人員配置這些細節。彷彿籠罩上一層迷霧的世界，顯然待在外頭時也有同樣的感覺。騎車奔馳在市區時，一名頭髮梳得黑亮、身穿條紋西裝的中年男子進出大樓的畫面映入眼簾。儘管一身西裝，但從男子的姿態、腰圍、肩膀線條等一眼就能看出平常勤於健身，也很清楚男子和那些流連於新宿、從下高井戶一帶通勤返家的上班族，甚至他這類人身處於截然不同的世界。然而，能知道的就這麼多，除非成為和他一樣的人，否則無從得知那到底是什麼樣的世界、怎麼做才得以進入那樣的世界。至於該如何成為和男子一樣的人，抑或是否存在這樣的可能性，就和身為囚犯的自己日後成為獄警的可能性差不多。結論當然是「可能」，但終究會明白絕對辦不到。最初仍會夢想，但經驗將快速捏碎它，從此不再想這件事。一旦不再去想，那些事就像火星的沙塵暴或北極的極光般遙遠。

這裡的規則是，獄警會以口頭明確告知「這些事與你無關」。至少無需懷有任何無謂的期待，或許就能讓日子過得比在外頭舒服些。

話雖如此，關禁閉真是一大折磨。這是違反監規——在獄中大多是打架或霸凌——的受刑人必須接受的懲罰。佐久間讓伊地知醜態畢露且受重傷，因此被判處長達五十天的禁閉。

基本上一天的流程和平時的獄中生活沒有兩樣，但不必作業。進工場作業雖然不輕鬆，但有助於轉移注意力。就像騎車送快遞，愈專注投入於眼前的道路，愈能拋開周遭令人煩心的瑣事。這反倒讓人鬆了一口氣。然而在獨居房裡，唯一能做的就是呆坐終日。盤腿而坐，挺直背脊，除了吃飯與便溺之外，就是眼前的鐵門。百無聊賴地坐著，睡意襲來便駝著背打起瞌睡。每十分鐘巡邏一次的獄警偶爾沒留意，發現後會握起拳頭敲門，視情況還會大喊名字。

剛進監獄時往往撲面而來就是一頓責罵，這讓佐久間不時憶起自衛隊時期的新兵訓練。士官或區隊長時刻像惡魔般高聲喝斥，但過一陣子就發現那不過是在演戲，看似情緒激昂，其實毫無感情，這反倒讓佐久間能夠冷靜以對。常出入監獄的累犯、和佐久間有類似經驗或精神稍微異常的人還能不為所動，但接下來被命令行進或出列問話時，原本表現理智、僅稍微越線的傢伙卻會被嚇得渾身僵硬，甚至蹲在地上大哭失聲。

背後感覺到一陣燥熱，背脊隨著來襲的睡意慢慢蜷了起來。接受懲罰時無法與任何人交談，能面對的只剩下自己。時間感大致上在第一天就會消失，雖然可以從最後吃的一餐來判斷早晚，但差不多三天後就連今天是第幾天都摸不著頭緒。唯一能做的就是數日子。卻因為缺乏可靠的基準，愈數越亂，最後只能改數心跳或獄警的腳步聲，很快數膩後，就再去尋找其他的聲音。看似悄然無聲，晴天時卻會傳出電流般的滋滋聲，連漂浮在獨居房內的——可能是從又薄又髒的毛巾布中飛散出來的——塵埃也有聲音。不管這些了，到底還要在獨居房裡關多久？獄警當然不會給答案，送飯時也只從門下方塞入飯菜，絕對不會說半句話。強烈地想和人說話、想出聲，同時強烈地渴望至少看個電視，知道外頭還有個與房內截然不同的世界。然而，這裡被所有人拒之於外，這並不是頭一遭。

中學時有個叫義武的同班同學。他是足球隊隊員，屬於備受學長疼愛的類型，個性開朗卻很殘酷。佐久間則是——他到現在還不清楚原因，或許根本沒有原因——始終對學校制度適應不良。別說和義武這種風雲人物，就算和那群喜歡聊《魔法風雲會：競技場》的同學也毫無交集，或許更該說大家其實並不想和他有任何交集。漸漸的，佐久間變成獨來獨往，但也不是習慣一個人待在家或圖書館裡讀書的孩子，成績非常差。可能是外表或言談間並不具備足以惹來愛搗蛋的傢伙注意的特徵，第一年還能勉強撐過。

但後來義武找起了佐久間的麻煩。起初，他認為這種事遲早會輪到別人，等義武厭煩了自己，就會將矛頭指向那群互相炫耀魔法風雲會遊戲牌卡的同學。雖然他和父母沒什麼代溝，但在家裡，彼此之間似乎會畫上一條線，完全不交談，就算非說話不可也總像同極相斥的磁鐵般憤怒對罵，自然不可能向他們求助。如今回想起來，雖說比較家庭和學校兩者的處境確實有點奇怪，但後者——同樣讓人不舒服——似乎還好一點。

然而一星期、一個月，甚至半年過去了，義武的霸凌不僅沒有結束，反而變本加厲。儘管和現在的牢獄生活比起來算不了什麼，但有時整整一星期都沒有人與自己互動。不知何故，他感覺連老師也加入了這場霸凌。老師一定也注意到了，但佐久間一眼就能看出他刻意無視的態度。

這不是我的問題，佐久間至今依然這麼認為。

這就像是自行車架上的龜裂。不知何時出現的裂縫並不會隨著時間自然修復，而是愈跑愈不對勁，時間一到便從裂縫處斷開。即使沒斷，也會愈裂愈大。自己應該也一樣，內心某個地方出現了一道小小的龜裂。

如今已經想不起當時是怎麼爆發的。記得似乎忍耐了好長一段時間，義武也以為還沒探到佐久間的底線，一如往常捉弄起他來。但到底義武對他做了什麼、又發生了什麼，他已經想不起來了。

回過神時，佐久間就像這回遭到逮捕時額頭被劃出一道口子，不住淌血，眼前是摀著鼻子在地上打滾的義武。義武就像貓一樣從喉嚨迸出呼嚕的呻吟聲，大聲哭喊起來，教室裡一片譁然。等意識恢復時，人已經在教職員辦公室裡了。

佐久間以額頭撞斷了義武的鼻子。之後不斷出入教職員辦公室，父母表現出難過又狼狽的態度，而那絲狼狽感讓佐久間感到彼此之間變得更遙遠了。起初，老師們慎重其事，彷彿發生了一樁驚天動地的鬥毆事件，雖不確定調查過程的合理性，但最終沒有造成對佐久間極為不利的結果。

他和義武當過一陣子朋友，但這段友情很快就宣告結束，因為他不喜歡他們家的氣氛和那股躁動感。義武家的一樓是修車廠，二樓是住家，就是那種午後拆螺帽機器尖銳的噪音響個不停的家。義武家的廚房，像國道旁或高架橋下的拉麵店廚房一樣黏附著一層陳年油垢，泡麵碗隨處亂扔、湯水四濺，垃圾桶裡塞滿揉成團的衛生紙或不知用途的鋁箔紙，客廳桌上散落著杯盤和黏膩的遙控器。即使自己並未住在這裡，眼前邋遢的環境還是壓得他喘不過氣。當時只覺得很不舒服，如今則清楚意識到那其實是恐懼，就是在生活中經常感受到的恐懼。他害怕變成這樣，這樣就完了。或許是出於那個年代特有的健忘，他和義武兩人雖曾會到彼此家裡玩，但過一陣子兩人又像忘得一乾二淨，各自回到自己的勢力範圍。

一如佐久間預期，後來義武捉弄起班上一個身型肥胖、性格內向卻一聊起動漫或遊戲就說個沒完的同學。佐久間過回原本的生活。

時間有時漫長、有時短暫，思考範圍逐漸圈往內心深處。佐久間這才察覺，原來人這麼需要說話，並著實為此驚訝不已。外界的一切被隔絕，又被禁止與室友或獄警交談，注意力只能轉向自身。雖然也能轉移到眼前的鐵門或狹小的獨居房，但再怎麼仔細觀察現實的處境，還是比不過一路活到今天所流逝的年歲與背負的沉重。儘管如此，過去的事大多已記不清了，這也令人焦慮。

盤腿而坐的影子往門的方向延伸，變得愈來愈淡。

獄警從門下窄小的送飯口將飯菜推了進來。

佐久間不發一語拿起飯菜，走向小桌子。由於關獨居房無需作業，飯量也被減到最少，碗底只見少得可憐的小麥飯，搭配海苔、豆腐味噌湯、白北魚、金平牛蒡。飯量雖變少了，但不必勞動，菜色變動也不大，想來倒沒什麼好抱怨的。反正他原本就對吃什麼不太在意。還在雜居房時，電視上一出現餐廳介紹，伊地知會立刻叫人轉臺，因為講究飲食的他看了會餓。曾有獄友抗議「我想看啊。馬上就要出去了，一出去就要去吃」而和他起了衝突。後來大夥學乖了，盡量避免和伊地知扯到吃的。但比自己小兩歲的佐藤老愛抱怨伙食，或常說想吃哪些美食，有時卻能和伊地知聊得很起勁。佐藤對美食有著驚人的執著，什麼時候、曾在哪家店吃過了什麼菜，甚至花多少錢，都記得一清二楚。起初伊地知還興味盎然地聽著，不出多久就因為聽得太餓而叫他閉嘴。任何事都是有極限的。

佐藤偶爾也會找佐久間聊這些事，但他總是丟下一句「我對吃什麼不在乎」冷淡帶過。

向井準備申請假釋時，伊地知就開始找麻煩了。天性膽小、一旦被逼得走投無路就手足無措的向井起初還能隱忍，但神情逐漸變得愁苦，直到伙食持續被糟蹋時，身體終於出現了彷彿隨時會痙攣的驚人反應。

佐久間對兩人都沒有好感。每逢停止作業日，獄友們無事可做，也不可能自由行動的時候，只能打開電視看看八卦新聞、ＮＨＫ重播的節目，或玩玩由筆記本裁下的紙頭自製的撲克牌或將棋打發時間——在獄中花時間細心做這種東西不僅不覺得痛苦，反而意外地快活。這種日子雖然不必勞動，還是得準時起床、摺好床鋪。過慣了之後也不太會睡午覺，否則夜裡睡不著更痛苦。大家會將舍房中央低矮的長桌搬出來，六人相對而坐。伊地知的對面是向井，旁邊是佐久間。其他三人漫不經心盯著電視吃飯，完全沒留意兩人的互動。佐久間則是專注吃著眼前的飯菜。

「別再這樣了好嗎？」向井手拿筷子，捧著碗低頭細聲說道。這時伊地知凶狠地瞪著他，語帶挑釁：「我怎樣了？」佐久間沒理會兩人，轉頭望著向井餐盤上堆得高高的灰塵和碎屑。看來伊地知這個白痴又拿著自製的盒子努力收集垃圾，並且趁向井不注意時整把灑在他的伙食上。這時灰塵飄了過來，落在佐久間的薑汁燒肉上，轉瞬間，索性豁出去的心態加上一股強烈的衝動充斥體內。他猛然將筷子往桌上一甩，握緊拳頭，朝伊地知的臉就是一記反手拳。伊地知往後倒時膝蓋勾到長桌，眾人的飯菜灑了一地。

「你這混蛋！」

伊地知從鼻孔還是嘴裡流出了大量的血，兩人衝上前環抱彼此，相互踢打。伊地知不住咒罵，佐久間則一聲也沒吭，只是劇烈地噴著鼻息。伊地知跨坐到佐久間身上，使勁揮拳。額頭破了，判斷力變得更遲鈍，情感也逐漸消退，佐久間一片空白的腦海裡滿溢著不同於怒氣、但同為一種能量的衝動。挨揍到不知第幾拳時，佐久間逮到機會，死命咬住伊地知的右腕。手腕一被咬住，伊地知緊緊鎖住佐久間身軀的雙腿立時鬆了開來，慘叫聲響徹舍房。嘴裡瀰漫著一股鐵鏽味，明顯感覺到咬破了遠比真空包裝的薑汁燒肉更富嚼勁的東西，厚厚的橡皮或輪胎，咬起來多半就是這種感覺吧。

伊地知以另一手按住被咬傷的手腕，高聲哀嚎著在地上打滾。佐久間隨即起身，將從伊地知手上咬掉的肉片吐向一旁，又一把揪住仍在扭動的伊地知的胸口，給他一記頭槌。

「給我分開！」「住手！」這時四處響起吆喝聲，背後的門一開，獄警一窩蜂湧了進來。其他四人趕緊縮在牆邊，露出一副「不是我們幹的」的畏怯樣。佐久間被銬上皮革手銬拖了出去，伊地知則是被擔架抬走。

獄方很快展開調查。由於直接被送進醫務室，緊接著關禁閉，佐久間也無從得知向井和佐藤是否遭到牽連。

每次發生這種事，就會拿過去犯的罪來比較。與好幾名獄警重複同樣的對話，聽著不知聽過幾次的訓話，最後以毫無反省之意、無法克制衝動為由，被關進了獨居房。雖然想問伊地知的狀況，但獄方當然不會回答。在獄中發問幾乎被視同抵抗，一旦被視為不服管教，說不定又要被追加無謂的懲罰。

自己一點也沒變。儘管房東在信裡鼓勵，至今從未寫過一封信給圓佳的他，卻收到了她的來信。沒預告幾點回家會冷戰三十分鐘，亂買東西約一星期，那麼將公務員打成重傷多半要兩年吧。他對來信內容的解讀是，即使自己想回去，但她這輩子並不想再見他；孩子的事則隻字未提。文末突兀地以一句「請盡快回信」作結。

讀完信後，一來覺得對不起她，又感到無力。依稀浮上希望她忘記一切、當作什麼都沒發生過的不負責任的念頭。他將信紙塞回信封裡，從牆上的窄書架取下《少年Jump》，將那封信夾入第一頁。

他和圓佳是在便利超商打工時認識的，當時兩人的工作都不穩定。不論是什麼樣的工作，總有一些人能夠在工作中堅持很久，佐久間對此始終感到不可思議，便利超商的打工也一樣。反過來看，有些人做什麼都做不久，他就是這種人。打這份工初識圓佳時，立時感覺兩人是同類，到後來才發現圓佳並不屬於這兩種人，或說兩者皆是。

一成不變的日子一天天流逝，除非是大事，否則實在很難想起哪一天發生了哪件事。與圓佳共事的時間雖短，但畢竟每天都過得單調乏味，唯一記得的就是被開除那天的事。

當天，佐久間正在處理客人要宅配的包裹，收銀臺排起了人龍。那是個平日的午後，照理說客人不會太多。他向後方喊了一聲，圓佳便從休息室走出來幫忙。和自己一樣，圓佳也為帳單收款、電子支付等較麻煩的服務忙碌了起來。

「下一位——」

佐久間向排隊的客人喊道，毫無焦點的視線落在客人頭上。

「喂，每次都要等這麼久嗎？」

一個捧著牛丼、週刊雜誌與一瓶綾鷹[7]的客人朝隔壁的收銀臺抱怨。是個排在隊伍最後頭、頂著一張長臉約莫四、五十歲的男人，一身皺巴巴的西裝，頭頂微禿卻蓄著長髮。佐久間瞥了男人一眼，似乎是個討人厭的傢伙。就是那種走路差點撞到，擦身而過時還會不耐煩彈個舌，或在稍微拉開距離後回頭丟下一句走路小心點，並且看對象挑話罵的傢伙。圓佳真是倒霉。她個頭矮小，眼神有時會透著狡詰的挑釁，還有那剛脫離少女時期的髮型與態度，最容易惹來這種傢伙找碴。因此即使被罵了，她還是避免眼神接觸、態度不變、甚至裝作沒聽到男人的話似的操作收銀機報價：「總共是一千兩百一十圓。」

那男人忽地拔高音量，更嚴厲地斥責圓佳。「都已經出社會了」、「一點誠意也沒有」、「毫不自我檢討」罵個沒完。「啊，對不起」、「下次一定改進」，圓佳終於抬起視線向男人道歉，又刻意歪著頭露出一副懶得服務他的神情。

雙方的互動既不是口角，也算不上衝突，或許男人也不想被當作在找女店員麻煩，只是對於店家沒打算賠罪的態度感到不甘心罷了。就像擦身而過時故意彈舌的傢伙一樣。男人可能從沒想過會因此惹禍上身，但那絮絮叨叨、糾纏不休的模樣觸怒了佐久間。或許是出於其他理由，唯一能確定的是他絲毫沒有為圓佳解圍的念頭。佐久間並不是個會為了誰出頭的人。連那討厭的男人都不是原因，純粹是他腦海

7 瓶裝綠茶的品牌。

裡迸開了一個黑洞——幸好並不大——一股衝動又慣常地露出臉來。

佐久間走出收銀臺，靠向男人大罵：「要嘮叨到什麼時候？吵死人了。」

男人並不矮，但個頭更高的佐久間整張臉湊近他，睜大雙眼怒吼：「買完東西就別在這裡礙眼。給我滾！」

店裡剩下幾個客人，全露出驚恐的神色地站在貨架旁瞧向這頭，圓佳也訝異得睜大雙眼，而男人似乎完全搞不清楚狀況。佐久間豁了出去。在日常生活中，對於素昧平生的陌生人大吼大叫這種事極為罕見。按理說這時應該要嚥下這口氣，好好地買保險、做健康檢查、繳稅、過上安定的生活才對。看來又要被炒魷魚了。

只見店長從休息室衝了出來，慌慌張張地追上正要走出店門的男人，在店外談了許久。

「好好笑喔。」圓佳說道。

佐久間走回收銀臺，和圓佳的收銀臺有一小段距離。兩人視線沒有交會，只是茫然地望著眼前明亮卻了無生氣的店內。

「不是。我說你。」

「妳說店長嗎？」

「我？」

「你常這樣嗎？」

「怎樣？」

「像這樣失控？」

「有時候。」

「好好笑喔。」

又有客人來結帳。兩人異口同聲且不帶情緒地喊了「歡迎光臨」，但客人當然不敢到佐久間這邊結帳。

店長過了一段時間才回來。他叫來佐久間，表示雖然眼前缺人，但要是再發生這種事會很麻煩。「你做兼職是還好，但我們得處理更多業務，需要考量的事比你多得多。」休息室很狹窄，總是堆滿了紙箱，桌上放著一臺筆記型電腦，店長平時在這裡辦公，旁邊還擺著一部Canon印表機。

總之你的事我得再考慮一下，店長的語氣顯得戰戰兢兢。

佐久間辭掉了店員的工作——應該算是被炒魷魚——圓佳則又做了一段時間。並不全然是因為這件事，兩人原本在休息時間或湊巧同時收工都會在吸菸區聊聊，或一起去喝點酒，這段友誼起先是這麼維持的。佐久間逐漸感覺到兩人的頻率有點相近，這是他頭一次對異性有這種感覺。

總覺得圓佳身上的某些特質和自己很像。他知道在某處有個自己絕對進不去的世界，而這個世界偶爾會從覆在上頭的不合理或宿命的表象下露出真面目。對此，他難以忍受，同時心裡多少抱著一絲或許進得去的期待，然而，這種期待與現實的不平衡，導致他在情感上逐漸走向崩壞。然而，圓佳卻流露出恍如無感的態度與這樣的世界對峙，或者說，她連對峙都懶。認識她的時間若不夠長，就難以察覺那雙眼眸中射出的輕蔑正是她一流的處世之道。或許她從未察覺這一點，但在佐久間眼中就是如此。

兩人之間從來沒有聊過世界或態度這類抽象的話題。因此他無從得知圓佳是如何學會這種處世之道。

總之，任何工作都做不久的佐久間，在租約到期時搬進了圓佳的家。沒多久圓佳的租約也到期，兩人一起搬到了房租低廉、還算寬敞的三鷹的住處。

他當時覺得至少算是安定下來了。過去幾乎沒有長時間待在同樣環境裡的經驗。小學六年算是最久的吧？但服滿刑期後應該就差不多，若再加上待在拘留所的時間就是最久的；其次是那陣子的生活。

監獄以最簡單明瞭的形式，示範了只要一一完成規定事項就能達標的道理。不論是作業或刑期，都沒有偏離軌道的空間。在外頭時，也曾為未來二、三十年的人生設定軌道，但往往會莫名其妙地偏離。一旦脫軌，原本如柏油路般明確的軌跡就在轉瞬間成了空蕩蕩的荒野。乍看之下要往哪裡走都行，但就是不知道該往哪裡走。然而，待在這間舍房裡沒有這樣的煩惱，做什麼會受罰，怎麼做比較好，至少比在外頭時看得更清楚。這裡總是時不時提醒眾人背後那股巨大的權威，也有助於讓規矩看起來簡單明瞭。

佐久間將這間獨居房命名為「回憶室」，下次得知誰要被關進來時，就打算告訴對方一旦進來了會變成什麼模樣。在這裡，沒有和其他受刑人一同創造的美好回憶，基本上也沒有人會這樣想。每個人只能獨自承受自身的回憶。

佐久間關滿五十天後，終於走出了回憶室。監獄畢竟是公務機關，不可能延長或縮短懲罰期限，這點也是簡單明瞭。

懲罰即使結束了，也沒辦法馬上回到原本的生活。頭幾天得先經歷一連串與獄警面談、冗長的訓話、寫反省文等諸多雜務。

剛結束禁閉的頭一天，連說話都很吃力。不是情緒上的，而是生理上的。太久沒開口，一說起話便對喉嚨造成驚人的負擔，沒多久口就渴了。嘴裡的唾液變得黏滯，一開口就黏附在喉嚨裡，喉間因此感覺刺痛難耐。在飄散著塵埃的獄中出現這種症狀，氣管很快就受不了。佐久間連話都說不好，還以為只是因為接近兩個月沒說過幾個字，忘了怎麼串成一句話。

完成上述的雜務之後，佐久間回到了雜居房，等級被降到五級。獄中依態度或成績將受刑人分成五級。最高的是一級，最低的是五級。等級往上調，購買日用品的次數或能會客、享受娛樂的次數會隨之增加；至於五級，什麼好處都沒有。受刑人一進來都是從三級起跳，半年一次的審查會決定升級、降級或維持不變。佐久間由於性格上容易暴衝，始終徘徊在三級與四級之間。但對佐久間而言，連待遇也能如此簡單明瞭是件好事。

回到舍房後，他才得知向井與伊地知被移往獨居房，除了原本的獄友佐藤、牧島及大貫，又多了一個剛進來的倉田。

佐久間很高興能睡回自己的床鋪。還剩一小時就要熄燈，大家都已鋪好床。倉田與大貫盤腿而坐就近看電視，牧島躺在床鋪上讀書。佐久間什麼也沒做，只是伸直雙腿坐在床鋪上，享受著這種感覺。

佐藤朝他走來，也沒問過就逕自朝佐久間的床鋪一角坐下。只見佐藤雙手抱膝，身體向著電視，頭卻轉向佐久間說道：

「伊地知也被關禁閉，去了獨居房。」

佐久間心想自己根本懶得管伊地知和向井去了哪裡，便冷淡回應：「哦，是嗎。」佐藤又接著說：

「老頭說，那傢伙果然還是不能待在雜居房。」

獄中習慣叫獄警「老頭」或「老頭子」，即便是剛從學校畢業的菜鳥也不例外。只不過負責管理這間舍房的獄警——長著一張岩石般的臉龐、身型矮胖的小野寺，還真的是個老頭。

「獨居房張羅起來麻煩，所以就依他的要求，況且沒其他空位，只能送來這裡。據說在別的地方也惹過不少事。」

基本上，定期的清掃、檢查及雜務是以舍房為單位來分工，因此室友愈多負擔就愈輕。獨居房雖然看似不必與旁人打交道，看漫畫既不妨礙別人，看電視時不需要搶頻道，也不必擔心飯菜會被灑上塵土。但不少受刑人認為與其默默獨自幹活，不如住進雜居房，多點室友比較能轉移注意力，又能減輕雜務上的負擔。伊地知應該就是後者。反正他也離開舍房了，佐久間根本懶得了解他的現況，便老實說了：「人都不在了，就不關我的事。」

同房室友幾乎一年三百六十五天朝夕相處。吃飯、睡覺、作業時身邊都是同一群人。刑期愈長，舍房內的人際關係會變得愈複雜，但這裡的人刑期全是八年以下，並不算長。而且除了佐久間之外，其他人可能都有保證人，有機會獲得假釋，實際待的時間說不定更短。

佐藤突然朝佐久間的頭頂努了努下巴。佐久間皺起眉頭瞪向佐藤。

「向井的老婆送你的慰勞品。那些書。」

一開始沒聽懂。佐久間只顧著享受屁股貼在床鋪上的觸感，完全忘了頭上的私人物品。照理說只有已經出刊好幾個星期——至少超過六十天的《少年Jump》，以及夾在書中第一頁的圓佳來信。他沒回信。因為收到信之後馬上就和伊地知起了衝突。都過了兩個多月，如今也不曉得怎麼回，當下便決定「算了吧」。

佐久間仰頭望著牆上的書架，上頭多了幾本從來沒看過、書名略為嚴肅的書。

「說是感謝你照顧他老公。老頭也說向井很感激你。」

「什麼意思？」佐久間一頭霧水。

「老頭調查後發現，你大鬧一場救了大家，包括我們和向井。那傢伙好像只剩一次面談就能出去了。」

我誰也沒救，佐久間回道。佐藤卻不知怎的難為情地笑了起來。

「算了。就當作我救了大家吧。但怎麼會送書？真要慰勞我，應該還有更適合的東西吧？」

「似乎是聽她老公說，在這裡讀嚴肅點的書比較能轉移注意力。」

「向井會看這種書？」

「我不清楚，但他的確會看書。」

「這種書我哪看得懂啊。」

他豎起食指，指著《歎異抄》[8]說道。佐藤不禁苦笑。

舍房裡幾乎不能閒聊，但並不是真的完全禁止。現在就屬於這種例外。

與老頭面談的過程中，在訊問之外通常會東南西北聊個沒完，但幾乎不會有好結果。可老頭畢竟也是人，對受刑人也有好惡。有的獄警從態度就能明顯看出來。等級升降所造成的影響，有時能從假釋的長短判斷，但受刑人無法得知——即使出獄後也一樣——自己被降到多低的等級。

在這種嚴謹的小型面談中，老頭不時會聊起其他受刑人的情況。小野寺似乎對佐藤還不錯，畢竟佐藤並不惹人厭，至少佐久間是這麼認為。就像當年同一間營業所的橫田，都給人一種棒球隊裡能迅速取得學長信任的熱心學弟的感覺。橫田後來應該不至於和他一樣，踩到了什麼紅線吧。

---

8 日本古典文學名著，以名句「連好人都能獲得救贖，更何況是壞人呢？」為眾人所知。記載親鸞聖人的言行教誨。

佐藤年紀約莫二十五上下，由於從事詐騙及恐嚇這類小罪被捕。剛進拘留所和監獄時，佐藤相當沮喪，或說是處於極度驚恐的狀態。入監時連肛門都被檢查，生殖器被獄醫粗暴對待，動輒遭怒罵，將他那原本在前輩關照下混得還算不錯、一路平步青雲所養成的自尊心摔得支離破碎。伊地知也曾向佐久間耳語：「這傢伙遲早會哭天喊地，撐不下去。」

有時雖覺得他滑頭，但佐久間並不認為他是個壞胚子，總覺得這傢伙欠缺真正的犯意。這種人為了生存，不必靠頭腦思考、光憑直覺就明白誰是老大。剛進舍房時，佐藤絲毫不打算去討好佐久間或其他人。他這種人獨特的肢體語言，應該只對小野寺或其他更有權力的人展現。

這下氣氛微妙了，佐久間心想。那樣的佐藤，如今卻不自覺湊過來討好自己。或許是因為他當真以為自己與伊地知起衝突是出於義憤。實在是天大的誤會，佐久間不禁皺起眉頭。

佐久間覺得這種事很蠢。這和男性占多數的職場裡的流言蜚語並沒有兩樣，只是方向不同罷了。接受了討好，就和恃強凌弱的傢伙差不了多少，佐久間望著夜燈心想。

起床的廣播聲響起，又是一個即將被遺忘的一天。

一成不變的起床、整理、點名、列隊、口令、前進、作業。這一套讓許多受刑人厭煩不已。但比起外頭，這套做法有著無可比擬的優勢，那就是反覆完成一定的次數，就能看見出口。要是在外頭，絕對不可能知道人生走到哪一天就能達成目標。

即使眼前每一件事都如此明確，反覆從事所選擇的工作後抵達的卻不是目標，而是破局；為什麼無法自行決定得面對的結局，這一切讓佐久間感到不可思議，也很清楚這疑問永遠不會消失。

佐久間被分發到木工工場。懶得學一技之長的他並不會操作任何特殊的工具機，因此大多被分配到手工鑲嵌的作業。

工場是一座有著三角形屋頂的巨大倉庫。場內分成三區，包括工具機區，以及佐久間所在的組裝區，最後是加工區。

左右兩側是大型工作臺，受刑人保持一定間隔坐在圓椅上。中間設有一條通道，在前後兩區作業的受刑人以手推車運送完成的物品。和自行車快遞營業所完全不同，哪裡有什麼極為明確。每個存放工具——為了避免受刑人用來行凶，幾乎沒有尖銳或堅硬的物品——的櫥櫃或抽屜都貼上標籤，作業前後每個人都得先喊口號，同時必須舉高拿工具的手讓人看見。

作業時絕不能東張西望或閒聊，否則會立刻受罰。因此在作業時，所有人都默默做著眼前的事。幸好佐久間本來就不愛閒聊。工場裡相當嘈雜，從操作工具機的前端作業區一陣一陣傳來馬達轉動聲、機械震動聲，伴隨著手推車滑行時金屬的摩擦聲。完成被分派的作業後就默默舉手接受查核，一旦粗心失誤被發現，就會迎來獄警一頓訓斥聲。

運進來的是一套木製家具，佐久間先組裝椅子。作業流程是將黏膠灌進座板底側開的四個孔，插入四根椅腳後，接下來再裝椅背。每組裝完兩張就接受檢查，過關了就靜靜等候下一批原料送進來。

雖然佐久間一張證照也沒有，但覺得自己的手藝尚稱靈巧，畢竟從前相當擅長安裝後勾爪、更換變速線、調整變速器這些修理活。組裝新車時不用說，就算只是更換或修理小零件也覺得愉快。

營業所內不少快遞員熱中於維修或競速，可自己對這些事絲毫不感興趣。經常參加團騎或車聚、將騎車視為愛好的人也一樣，他們口中的「維修」，總摻雜著一定程度的「炫耀」在裡頭。諸如電動變速器、空力、拉桿的觸感云云，對佐久間而言一點也不重要。

如今，他認為在修理過程中、以及完成後感受到的舒暢，全然無涉於占有欲或虛榮心，純粹是因為這能讓他覺得接下來哪裡都去得了。他喜歡這種超越物體本身的功能。

因此，佐久間認為眼前正在進行的「維修」，和營業所裡那些人口中的「維修」根本是兩碼子事。

佐久間面前是兩張剛組裝好的椅子，是他組裝的。由於還沒上塗層，摸起來是木頭本身的質感。這兩張椅子將同時或各自被送往某個地方、交付給某人使用，從手中誕生的物品就此與他人建立起聯繫。一想到這兩張椅子將在其他地方發揮功能，他驀然覺得彷彿看見了那個自己始終進不去的世界的入口。

突然好想修個車，痛快地騎一程。

獄警檢查過關，等候下一批原料送來。

一臺手推車傳出陣陣金屬摩擦聲朝這頭接近。來到佐久間的工作臺邊時，原本往前滑行得好好的，突然間像被一條看不見的線扯住般瞬間垮了下來。以為要往前倒，卻忽地往側面一翻，堆在上頭的摺疊式塑膠籃掉落在地上，裡頭的零件撒了一地。所有人停下手邊的作業看了過來，整座工場霎時安靜得出奇。推手推車的受刑人在隔壁工場傳來的工具機聲中高喊「對不起」。看起來已經上了年紀，說不定都要七十歲了，只見老人不斷向四面鞠躬，重複著同一句道歉。

「都回去工作！」負責看管這名受刑人的老頭——正好就是小野寺——回過神來喊道。工場裡嘈雜聲再度響起，彷彿什麼事也沒發生過。

兩張椅子的椅背朝向自己。

「喂，趕快撿一撿。」「你看，腳輪都壞了。」「搞什麼鬼。」小野寺不住斥責。

也不知是哪來的膽子，佐久間緩緩舉手。穿著皮鞋的腳步聲朝身後接近。「怎麼了？」一名獄警走來身旁問道。沒看過這張臉，或許是從其他樓層調來的。

「請讓我檢查一下。」

和小野寺截然不同，眼前的獄警遠比自己年輕，看起來就像個大學生。可以看出那一臉肅穆是努力撐起來的。那獄警瞥著嘴想了半晌，最後抓著佐久間的胳膊，領著他走向翻倒的手推車。

似乎是小野寺幫了忙，椅子的零件在不知不覺間已全數回收通道旁的塑膠籃裡。

佐久間蹲下來仔細端詳手推車底部，顯然四個腳輪中有一個脫落了。腳輪是以四個螺栓鎖在手推車底端，可能是螺栓鬆了，其中兩顆不知飛到哪裡去，剩下兩顆也看似隨時會脫落。

背後射來一道熾熱的目光。他知道獄警正緊盯著自己。

小野寺似乎也發現了佐久間看出的問題，向所有人命令：「大家停工，幫忙找腳輪的螺栓。」

別說是一般的工具或特殊工具機，就連一顆小小的螺栓都不能消失。畢竟可能被拿來當凶器，也說不定哪個傻瓜會拿來在舍房的牆上或地板挖洞。雖然作業前後都會搜身，但要是誰含在嘴裡或塞進肛門，搜再久都沒輒。因此所有受刑人都趴在地上找螺栓。沒多久，兩顆都被找到了，就在佐久間的工作臺前另一座工作臺下方。

將螺栓交給佐久間後，小野寺一臉不耐煩說道：「快鎖上去，然後回去工作。」

佐久間盯著手上的螺栓，喃喃說著：

「這兩顆螺距不一樣。」

說完便抬起頭，向獄警展示放在食指、中指、無名指上的兩顆螺栓。年輕獄警困惑地挺起胸膛，雙手抱在胳膊上，一聲不吭。

「什麼意思？」

小野寺蹲了下來，端詳起佐久間手上的螺栓。

「兩顆都是M12，但螺距不一樣。」

「螺距？」

「就是螺紋之間的距離。」

「你光看就看得出來？」

「還可以。」

做過不少自行車的維修，對螺栓或工具都很熟悉。接著，工具與大量螺栓——全依規格、尺寸分裝在不同盒子裡——從隔壁工場運了過來。

「請給我十九號。」

佐久間蹲下身子修理手推車。

「十九號是什麼？」

「哦，是扳手的尺寸。」

小野寺背對佐久間四下尋找。只見那副身軀的贅肉在腰帶下勒得鼓脹。

佐久間窺探似的望著他，然後說：「就是這個。」

小野寺曖昧地點點頭，將扳手遞給他。

自行車常用到六角螺栓，規格表看多了，就連用不上的也自然而然記住了。有時會在工具材料行或網路上買到種類不同的螺栓，記得的就更多了。這種技術似乎和騎自行車一樣，一旦學會了就永遠不會忘記。佐久間熟練地安裝著脫落的腳輪，再將其他的腳輪鎖得更緊。其實應該順便上個油，可惜這裡並沒有油。

「哦，修好了就好。回去工作。」

在這種地方，有時從簡單的動作或短短一句話中就能感受到一個人的情緒。可能會因此起衝突，抑或相反。剛才小野寺的話裡就不帶半點惡意。

休息時間的廣播響起。包括佐久間在內，所有人在獄警的指令下迅速起身，在中央的通道整列。每個人筆直注視著前方受刑人的後腦勺。

返回舍房時察覺到的微妙變化，在午餐時變得愈發鮮明了。

受刑人的作業項目裡也包括烹煮伙食。要是得罪了負責伙食的受刑人，就可能會領到分量減少、調味失敗，甚至燒焦的飯菜。換作是黑道高層、氣味相投的獄友，以至於想討好以換取利益的人，就可能領到較多分量。每個受刑人領到的伙食多寡全依身高決定，不會煮太多，也不會煮太少，必須精準地以測量工具配膳。因此當某人的伙食增加了，就代表其他人的伙食減少了。若想多討一點飯菜或沒吃完，都算違規。

配膳是以舍房為單位進行。佐久間一見到送來眼前的伙食時，赫然發現分量明顯不對。

提盒裡擺著五個餐盤。佐藤一就座，就將飯菜一一送到室友面前。佐久間盯著面前的飯菜，心想「這分量不對」，接著一臉困惑地看向佐藤，漸漸睜大雙眼。佐藤則是嘴角微微一揚，迅速吐了個舌頭。

「喂！」

獄警喝斥一聲，佐久間立刻移回視線。

這下情況很明確了。他立刻明白這是在五十天獨居懲處加上近兩個月調查內，關於自己的奇妙傳聞擴散開來的結果。

佐久間當時只想將伊地知狠狠痛打一頓，並無保護向井的意圖。但他的確對於伊地知霸凌向井的行徑感到光火，一路累積的情緒，在那一刻終於爆發。

忽然好想大喊一聲，但不想再受罰了。一番天人交戰，決定還是默默吃飯就好。

佐久間對於食物沒什麼執著，不論是分量或口味，從來沒抱怨過。但放在面前的食物就不對。說不上來哪裡不對，總之就是他的行動引發了全然不相干的結果。他邊喝著清淡的味噌湯邊想。

下午的作業結束後回到舍房，他又向佐藤解釋了一遍，但這番說詞還是沒被採信。

待在獄中的好處是一切簡單明瞭，但這裡並非毫無壞處。有些事只會在獄裡發生，有些則是到了社會上也同樣猖獗。例如這種如薄霧般摸不到、也教人想不透如何散播出去的人際關係，以及對旁人單方面的主觀見解。一但散播開來，怎麼也改變不了。如今看來，順應時勢或許就是安定下來的第一步。

從前遇上不願接受的事，脾氣早晚會爆發。但獄中的制度不允許。佐久間親身嘗過箇中之苦，終於體會到對刑罰的恐懼。比起獨居期間或後果，最令他害怕的還是日後還會受罰的可能性。在外頭感覺到的「完了，我也會變成這樣」的恐懼感，與因刑罰而生的自我克制，在本質上可能是相同的。佐久間終於學會順應體制。

一個月、兩個月過去，伙食恢復了原本的分量。並不是在某一天突然恢復，而是像從前在公司與正職員工起爭端而被減班時那樣，一點一點減少的。

不禁覺得當時還如此在意實在很蠢。人們可是很健忘的。口味與分量沒什麼好抱怨的，反正最初就是出於誤解。恢復後雖稍稍感到失落，卻也不覺鬆了口氣。

過了一陣子，他被分派不同的工作。是小野寺安排的。同樣在木工工場，但任務是使用電鋸或游標卡尺，對以公釐為單位的木材進行加工。需要學習的技術多如牛毛，也曾因工具使用不當而遭到嚴厲訓斥，但成就感和從前不同。沉重的工作量教人喘不過氣，上工時必須非常專注，同時又覺得彷彿因而脫胎換骨，內心驀然輕盈了起來。

以點名開啟的每一天看似大同小異，又恍如很快就連時序都將被遺忘。但每一天都有那麼點不一樣。

依然為伙食或搶電視頻道起衝突，等級因此被調降。但每一天都有那麼點不一樣。

學會使用一種機器之後，又會被指派學習新的機器或工具，愈學愈多。有時會被老頭交派傳授其他受刑人工作要領的任務。與小野寺不時的面談中，也常聽他說「看來你幹得還不錯」——這是極少褒獎受刑人的他少見的讚許。

每天充實度日，一天結束時自然一身疲憊。

躺上床鋪、睡意漸濃時，驀然想起向井曾對他說「要看出每天那一點點的不同」。雙眼明明閉著，眼瞼裡的視野卻像從前衝動襲來時轉為一片瑩白，彷彿自我正逐漸消失。他察覺到一股力量劇烈湧現，雖然拚命克制，又暗忖著或許能學著與它共處。在祈求一切還來得及的同時，他體悟到發生改變與看出改變竟是如此接近。

始終渴望遠走高飛，直到今天依舊如此。在這裡既覺得不安，也令人安心。服滿刑期後出獄會變得如何——待在黑盒子裡既覺得安心，也令人不安。他驚訝於自己現在才發現這一點。倘若十年、二十年後，甚至到死前那瞬間的一切皆已注定，必然教人感到不適。儘管安心，卻感到不適，因為這情況只存在於監獄。監獄是一種制度，而制度明確地預告未來。一方面渴望遠走高飛，一方面又渴望制度約束。那些騎車四處奔走、與圓佳不著邊際的談天、像灘爛泥般睡死的日子一點也不特別，和平常的日子大同小異，卻又都有那麼一點點不同。有時爆胎、有時摔車甚至連車子都因此故障，但當天早上並不會知道「今天會被一輛賓士害得摔車，連車子都因此故障」。正是因為不曉得明天會如何，即使和昨天大同小異，但今天和明天必定有所不同。雖然不願拋開這種日子，過著永無止境的牢獄生活，卻似乎又有那麼幾分渴望，這一切思索讓他的身體和腦袋變得混沌起來。被逮捕的那天早上，也完全料想不到「我今天會被逮捕」。向井在汽車裡熬過的那一晚，或許想過會被逮捕，但怎麼樣也絕對無法斷定。直到發生之前，沒人知道。體悟到這個理所當然的道理，心中泛起一陣熱血般的暖意。

眼前是從牆面延伸而出的書架底部。到頭來向井的妻子送來的那些書，他不僅翻都沒翻過一頁，也從沒拿起來過。他無法保證永遠不會讀那些書，但他決定領受這份心意。

沒人知道將來會如何。這樣也好。

那封「算了吧」的圓佳來信，依然夾在一旁《少年Jump》的第一頁。

木曜文庫 17
# 黑盒城市
## ブラックボックス

作者　砂川文次
譯者　劉名揚

副社長　陳瀅如
總編輯　戴偉傑
責任編輯　戴偉傑・周奕君
行銷企畫　陳雅雯・趙鴻祐
封面設計　朱疋
內頁排版　宸遠彩藝
印刷　前進彩藝有限公司

出版　木馬文化事業股份有限公司
發行　遠足文化事業股份有限公司（讀書共和國出版集團）
地址　231023 新北市新店區民權路 108 之 4 號 8 樓
電話　02-22181417
傳真　02-22180727
客服信箱　service@bookrep.com.tw
客服專線　0800-221-029
郵撥帳號　19588272 木馬文化事業股份有限公司
法律顧問　華洋法律事務所　蘇文生律師

初版一刷　2024 年 6 月
定價　NT$360
ISBN：9786263146754（平裝版）9786263146747（EPUB）9786263146730（PDF）



國家圖書館出版品預行編目 (CIP) 資料

黑盒城市 / 砂川文次著 ; 劉名揚譯 . -- 初版 . -- 新北市 : 木馬文化事業股份有限公司出版 : 遠足文化事業股份有限公司發行 , 2024.06
224 面 ; 14.8 X 21　公分 . -- ( 木曜文庫 ; 17)
譯自 : ブラックボックス
ISBN 978-626-314-675-4( 平裝 )

861.57　　113005770